にあんちゃん

安本末子

角川文庫
16174

目次

まえがき

昭和三十三年（一九五八）記

　いよいよ、この拙なく幼い日記集が出版される運びとなりました。それで、この日記集の背景といったもの、あるいは、兄としての感想なりをかんたんに書くようにとのことですが、あまりにもおこがましいようで、とまどう思いばかりが先に立ちます。

　ことわるまでもなく、この日記は創作ではありません。また、出版はおろか、投稿などといった発表の目的を前提にして書かれたものでもありません。純然たる日記です。したがって、お読みいただければ、すぐわかることですが、その内容たるや、まことにとりとめなく、中には、恥と思われることさえ、平気で書かれています。しかも、この日記のつけられた時期は、昭和二十八年のことですから、今からざっと五年前のものです。そんなしろものが、どうしていまごろ、出版などという光栄を浴するにいたったか。「禍、福に転ず」というのは、まったくこのことなのでしょう。病いの床に私がいたった、そのきっかけは生まれたようなものでした。

　昨、昭和三十二年六月二十八日、私は、過労の不注意がもとで、肋膜を冒され、病床に横たわる身となりました。日ごろ、健康なときには、何でもないことでも、病床にあっては、とかく気が滅入《めい》り、悲観的になるものです。ことに私のばあい、両親亡《な》きあと、四人兄弟（私、吉子《よしこ》、高一《たかいち》、末子《すえこ》）の長兄として、いわゆる一家の大黒柱という立場にあってみれば、私が倒れたということは、そのまま、明日からの生活にひびく深刻な問題でありました。

が、それはともかく、私は、気が滅入るままに、来《こ》し方などが際限もなく思い出され、そこで、この昔の日記などをひっぱり出しては、読んでみたいような気持になったものでした。そして、それは、じつにいいことで、「ああ、こんなこともあったのか」と、弱りはてた私の心をずいぶん慰《なぐさ》めてくれました。それからというもの、毎日、気が向きさえすれば、この日記を手にするようになっていたのです。

が、それから二カ月ほどたったある日、ふと気づいたのです。「どうして、こうあきもせず、同じものをくりかえし読んでいられるのか」と。懐旧の情がそうさせるのだといってしまえば、それまでです。しかし、いかに妹の日記だからといっても、二カ月ものあいだ、ほとんど毎日といっていいほど読んでいられるものではありません。私は、この疑問について、あれこれと考えをめぐらしてみました。「これは、単なる日記ではない。それでなければ、こうも人を惹《ひ》きつけるものではない。この日記を読んでいるときの、この感情は、兄としての同情といったものではない。共感なのだ。これは、誰が読んでも、こう感じるにちがいない共感なのだ。この観察の率直さ。感じ方のすなおさ。考え方の純真さ。それに文章だって、この年ごろの少女でなければ書きあらわせない、持味《もちあじ》といったものが、方々に光っているではないか」――この考えが、私の疲れた頭の中をかけめぐりはじめました。が、もちろん、そこで冷静な判断や反省を忘れてしまうということはありませんでした。

「これは、私の病気のせいにちがいない。もし、ほんとうにそうなら、いままで五年間、一度もそれに気づかなかったということはないはずだ。第一、末子は、作文コンクールなどに入選したことなど、いっぺんだってないではないか。病気のせいだ、病気のせいだ、ばかばかしい」

しかし、そんな自問自答などで、ひとたびひらめいた、「この日記はすばらしいものだ」という感じは消え去るものではありませんでした。そして、「これは、自分一人で読んでいるべき日記ではなくて、できるだけ多くの人に読んでもらわねばならないものだ。それが、この日記の当然の宿命だったのだ。私が病床に倒れたのは、その使命を果すための、何かの意志にちがいない。いや、きっと亡くなった母の遺志に相違ない」と思われるようになったのです。

末子には、強く反対されました。そこで、「自分だけで、とうてい、この日記の評価ができるものではない。まず当って砕《くだ》けろ」と、一生の恥をかく思いで意を決し、全日記帳十七冊を一まとめにし、くわしい事情と依頼の手紙をそえて、昭和三十二年十二月、光文社出版局宛《あて》に送付したしだいです。

「きょうがお父さんのなくなった日から、四十九日目です」というのが、この日記の冒頭《ぼうとう》ですが（父の死因は、まことにあっけない心臓麻痺《まひ》でした）、母はこれより五年前に先立っていますので、この日記では、私たちが兄妹四人で生活していくさまが書かれています。

では、この日記は、何が取得《とりえ》となり、値打ちとなって本になることができたのでしょうか。それは兄の私がいうのはおかしいようですが、この日記には、どんなに貧しい中でも、やさしい思いやりの心を失わない、また、どんな人にたいしても、暖かい、いたわりの心を失わない、そういった情操の豊かさがひそんでいるからだと思えるのです。いろんな目に出あっても、ちゃんと、喜ぶべきを喜び、悲しむべきを悲しむ純真な心、そういった精神のすこやかさもうかがえるのではないかと思います。いいえ、末子自身が、もともと、そんなりっぱな心の持主だというのでは、けっしてありません。そのような人間になるよう努力している、その成長の過程における一人の幼い心の記録としてお読みねがえればと思っています。そういう観点で、この本を読んでくださり、そして、この中から何ものかをくみとっていただくことができますなら、私にとって、これにすぎる喜びはございません。そのときこそ、亡き父も、母の霊《れい》も、どんなにか、とこしえに安らいでくださることでしょう。

一九五八年（昭和33）十月

末子の長兄　安《や》本《す》東《も》石《と》

（喜《き》一《いち》）

入野村地図

（昭和２８年当時）

K・Y作成

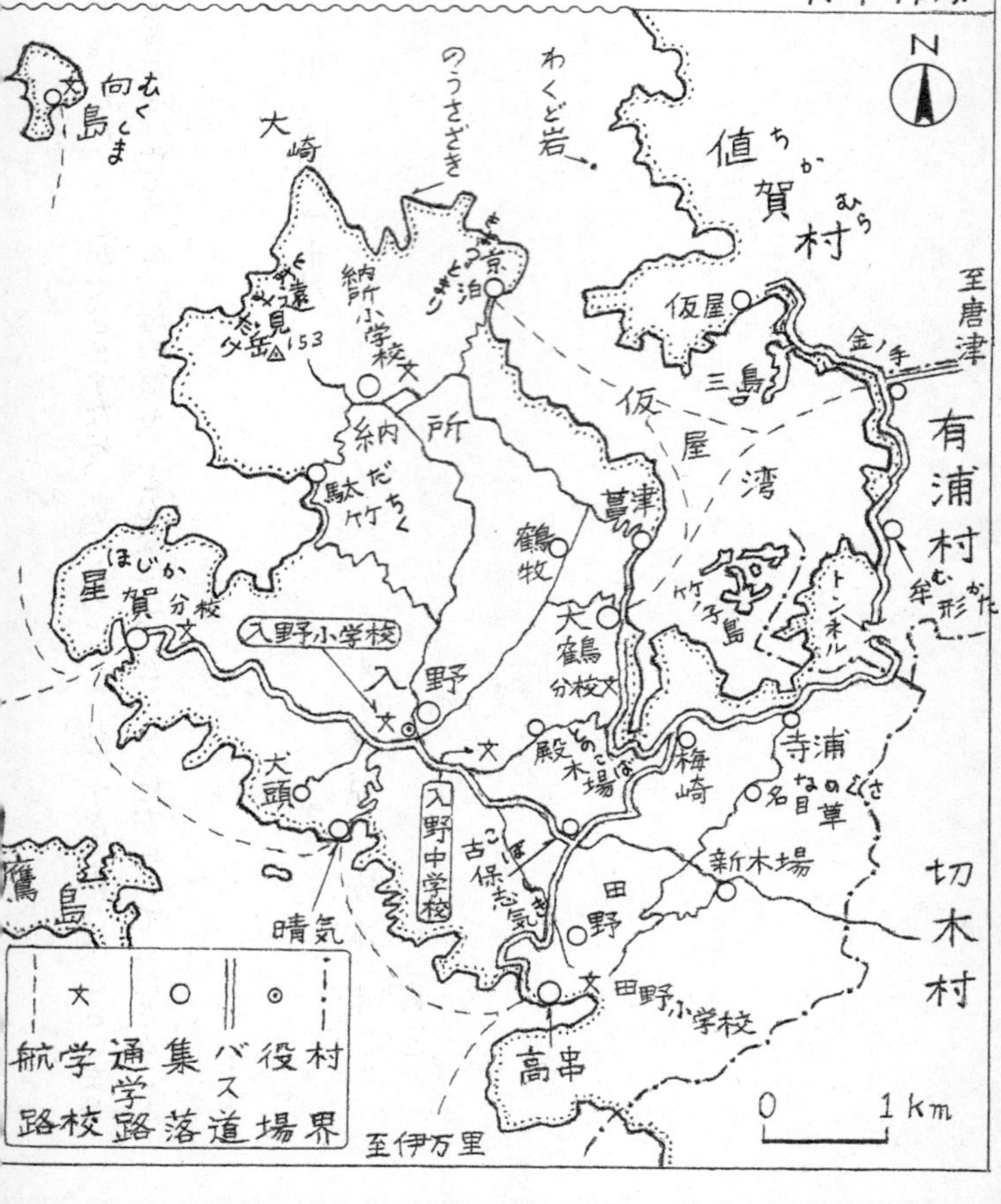

第一部

お父さんが死んで…

〈昭和二十八（一九五三）年一月二十二日——十二月二日〉

佐賀《さが》県東松浦《ひがしまつうら》郡入野《いりの》村大鶴《おおづる》鉱業所という小さな炭坑《たんこう》町が、この日記の舞台である。この入野村は、その昔「松浦潟《がた》これより西に山もなし 月の入野の限りなるらん」と西行法師《さいぎょうほうし》がうたったほど、佐賀県でも最北西端に位置する一僻村《へきそん》（現在は唐津《からつ》市）で、大鶴鉱業所は、この村の東寄りの海岸沿いにある人口四千人ほどの炭坑町であった。

母親に早く死にわかれた四人兄妹——兄、姉、にあんちゃん（次兄）、私（末子《すえこ》）——の末娘が、この日記の筆者である。小学校三年生のとき父親が死に、その一ヵ月ほどのちの一月のある日から、この日記ははじめられている。

1　兄さん、ねえさん

一月二十二日、木よう日　はれ

きょうがお父さんのなくなった日から、四十九日目です。にんげんはしんでも、四十九日間は家の中にたましいがおると、福田《ふくだ》さんのおばさんが、そうしきのときにいわれたので、いままで、まい朝まいばん、ごはんをあげていましたが、きょうの朝は、とくべつに、いろいろとおそなえをしました。

そうして、ながいあいだおがんでいたので、学校へ行くのがすこしおくれましたが、いそいだらまにあいました。

学校からかえってくると、兄さんが、

「お父さんは、あしたから、もうこの家にはいないのだから、いまからおそなえは、きゅう(旧)の一日と十五日しかしない」といわれました。私は、それを聞くと、とてもかなしくなった。

私は、お父さんのおいはいの前にすわると、なんだか、お父さんが私を見ているような気がして、うれしいのです。だけど、一日と十五日しかおそなえをしないなら、ときどきしかあえません。それがかなしいのです。

夕がたおがんだとき、私はお父さんに、

「さようなら、お父さん、さようなら」といいました。

なみだが、ほおをこぼれた。

一月二十六日　月よう日　はれ

学校からかえって、四時ごろ、もち月《づき》さんのおつかいをして、家にかえってくると、となりの吉田《よしだ》のおじさんと兄さんが、しごとのことでおはなしをしていました。よく聞いてみると、兄さんのにゅうせき（入籍）は、できないというおはなしでした。

兄さんはいま、三年もまえから、すいせんボタ（石炭の水洗い）のさおどり（石炭車の運搬《うんぱん》）をしてはたらいていますが、とくべつりんじ（特別臨時）なので、ちんぎん（賃金）がすくないのです。ちんぎんというのは、はたらいたお金のことです。それが、ふつうの人より、だいぶんすくないのです。どのくらいすくないのといったら、ざんぎょう（残業）を二時間しても、なんにもならないというほどです。

お父さんがおったときは、ふたりではたらいていたから、それでもよかったけど、いまはせいかつにこまるから、にゅうせきさせてくださいと、ろうむ（労務）のよこてさんにたのんだら、できないといわれたそうです。どうしてできないのといったら、吉田のおじさんのはなしでは、兄さんがちょうせん人だからということです。

兄さんは、がっかりしているようでした。「もう、ひるのいもは、四百めしかやかない」といわれました。私は、べんきょうを、いっしょうけんめいにしようと思いました。

私は、この家から出るのが、かなしくてなりません。この家をはなれるのはいやです。だけど、にゅうせきできないなら、どうなるかわかりません。

一月三十一日　土よう日　はれ

朝がた目がさめると、きゅうにあたまがおもくて、どうしても、おきあがることができませんでした。学校を休んで、ねていました。兄さんもねえさんも、いろいろしんぱいしていました。

ひるごろ、ねえさんから、おかゆをたいてもらって、つけものをのせてたべたら、だいぶん元気になりました。

兄さんが、しごとからかえってきて、

「まだ、いたむか」ときかれたので、

「もう、なおった」というと、

「学校に行くのがいやだから、あたまがいたいといったのだろう」といわれました。

私は、だまっていたが、兄さんは、じぶんが、あんなにいたいめにあったことがないので、私にこんなことをいうのだろうと思って、ほんとうに、かなしくなりました。

それにしても、ねえさんもからだがわるいので、家の中はにあんちゃん（二兄《あん》ちゃん、つまり、二番目の兄さん）がいなければこまるのに、今日にかぎって、にあんちゃんはおそかったのでこまった。ねえさんと私と二人でごはんをたきました。

二月一日　日よう日　晴

今日は、私のはんたいに、にあんちゃんがからだがわるいので、ひるからいままでねています。さいわいに、ねえさんがだいぶからだがよくなっているので、ばんも、ねえさんとあらいものをしたり、ごはんをたいたりしました。

七時十分前ごろ、きゅうに兄さんがえいがにいくといわれました。私は、兄さんはほんとうにえいがにいくのではなく、私たちがどんなにへんじをするかをたしかめるためだろうとおもっていると、兄さんは、ほんとうにいくように、おし入れからズボンをだしたりして、えいがちんをもってゆかれました。

私はあっけにとられて兄さんの行ったあとをじっと見つめていました。兄さんがいったあと、にあんちゃんがあたまをひやしてといったので、ひやしてやりました。にさんど(二、三度)ひやしたころおきてきて、「はらがひもじい」といいました。ねえさんが「おかゆをたいてやろか」といっても「いらない」といって、ただ、いものやけたのを、二、三まいたべて、またふとんにもぐってしまいました。私はほんとにしんぱいでした。兄さんは、にあんちゃんしかたよるものはないといっているのに、もし、へんなことでもあったら、兄さんはどんなにしんぱいすることでしょう。私はこんなことをおもうと、もうきがきではありませんでした。

二月四日　水よう日　雨

朝、学校へ行こうとして外にでると、ちょうどわるい雨がふってきました。

「雨がふってきた」といって、家にはいると、

「ぬれるくらいなら、学校に行かんでいい」と兄さんからいわれました。かさが、一本しかないからです。

にあんちゃんがさしていかなかったので、私がさして行きました。

かいがん通りに出ると、きゅうに風がつよくなりました。風といっしょに雨も前の方からとんできたので、かさを前にむけて歩きました。そのうちに、雨がもってきたので、上を見ると、いちばん上の糸がきれていました。私は、こわれないだろうかと、ようじんしながらいそぎました。

学校について、かさをじめんで、なんの気なしにトントンと水をはらっていると、かさは、上の糸がはずれて、こわれておちてしまいました。私は〈あっ〉とこころでさけびました。休み時間にも、しかられないだろうかと思うと、しんぱいで、すこしもあそぶ気になりませんでした。学校の帰りには、雨もやみました。雨はやんだけれど、風が朝よりももっとつよくなり、さむくてつめたくてたまりませんでした。耳がちぎれそうで、なみだがでそうでした。

家に帰ってからすぐ、ねえさんにかさのことをいうと、「そらア、おこられる」といわれたので、なお、しんぱいになりました。

夕ごはんのとき、兄さんにこわごわいってみると、「お金があるけんね」といっただけで、しかりはされませんでした。こんどから、よくちゅういしようと思いました。

二月五日　木よう日　はれ

　三時間目に、先生が、

「いまから、学げい会にでる人をきめます」といわれたので、どきっとしました。だいは、

「やぎのやどや」

と、こくばんに書かれました。

「せりふを、いちばんおおくいうのは、子うさぎと子りすです」といわれました。

私は、私がその子うさぎになるなら、と思っただけで、もう、むねがわくわくしてきました。それでなければ、やぎのおばさんにでもなりたいと思いました。だけど、このげきにでる人は、四人でいいのです。

「子うさぎ」

「子りす」

「やぎのおばさん」

「くまのおじさん」

　これだけでいいのです。たったこれだけしかいらないのに、私のようなものがなれるはずがありません。

「では、でる人とやくをはっぴょうします」と、先生がおっしゃったので、だれだろうか

と、みんなしずかになりました。

「子うさぎは、中谷《なかたに》さん。

子りすは、松石《まついし》さん。

やぎのおばさんは永田《ながた》さん。

くまのおじさんは、井上《いのうえ》あきらさん。

この四人は、きょうからずっとけいこをします」

と、はっぴょうされました。

げきにでる人は、うれしいでしょうが、でない人は、みんながっかりしたようなかおをしていました。

私も、がっかりしました。一年生から三年生まで、学げい会にいっぺんもでられないのかと思うと、がっかりです。

にあんちゃんは、よいげきに、なんべんもでているのに、私は、いっぺんもでられないのかと思うと、かなしくなりました。

四年生になっても、またでられないだろうと思いました。

二月六日　金よう日　はれ

学校へ行くときから、光子さんは私を見てはぶすっとして、ふくれたかおをしていました。私が「光子ちゃん」とよんでも、しらないかおをして、なんでもない人の名をよんでは、むこうの方へ走って行きました。

「光子ちゃん、なしいい(何で)、はらかいとると(腹立てているの)」と、せきについたときにきいても、光子さんは、ぷいとよこをむいて、私の方を見ようともしないので、私も、しらないかおをしていました。

休み時間には、水町《みずまち》さんとおにごっこをしてあそびました。水町さんがおにになったとき、私が、ぶらんこの方へどんどんにげていたら、むこうから光子さんが走ってきたので、よけようとしていると、いきなり、私の足を力まかせにふみつけて、にげて行きました。

私がすわってないていると、水町さんがきて、

「ごめんね」といったので、

「ちがう、光子ちゃんが、足をふんだの」といって、足をもんでいると、本石《もといし》さんが、いつのまにか光子さんをつれてきて、

「あんた、末ちゃんの足ばふんで、だまってにげて行ったてね」といっていました。すると、光子さんは、

「うち、しらんだったとよ」といいました。

「いくらしらんでも、そがん人の足ば」と、私がいいかけていると、

「そがん、もんくいうなら、もう、あんたとならばん」といって、光子さんはおこって、むこうへ行ってしまいました。

ぶらんこのところで、私がじっと立っていると、深松《ふかまつ》さんがきて、

「あんね、もう光子さん、あんたには、クレヨンもなんもかしんしゃんな（貸してやるな）て、だい（だれ）にでもいいよらしたよ」といわれました。

クレヨンをかしてくれないぐらいはよいけれど、私は、なんにもしていないのに、光子さんは朝から、なんであんなにおこったのだろうかと、それが、どうしても、ふしぎでたまりませんでした。

2　「なんでこんなにお金が…」

二月十日　火よう日　くもり

学校から帰って、ねえさんとふたりで、本をよんでいると、「末《すえ》ちゃん、おるね」といって、佐《さ》とうのおばさんが、戸口から私をよばれました。

「はい」とへんじをして、出ていくと、

「はじめとひろゆきば、あそばせよってくれんね」といわれたので、なぜだろうかと思って、「おばさん、どこか行くと」と、きいてみると、「うん、ちょっとようちえんまで」といわれたので、私は「はい」といって、おばさんの家について行きました。

「そんなら、行ってくるけん見とってね」といって、おばさんは、赤ちゃんをおぶってでかけられました。私は、ふたりをつれて、外であそびました。はじめちゃんは六ツで、ひろゆきちゃんは四ツです。

そのうちに、おばさんの帰りがおそいので、「かあちゃんが、かえってこん」といって、はじめちゃんたちは、なきだしました。

「かあちゃんばいよ(お母さんよう)、かあちゃんばいよ」といってなくのです。あんまり、ふたりが、「かあちゃん、かあちゃん」というので、ふと私は三ツのときになくなった、お母さんのことを思いだしました。

はじめちゃんたちは、ただ、お母さんの帰りがおそいといってないているのだけど、私たちは、もう二どとお母さんのかおを見ることも、「かあちゃん」といってあまえることもできない――。その上、お父さんだけでもおればいいのだが、お父さんもいない――。

あんまりはじめちゃんたちがなくと、私は、なおもかなしくなるので、なかないように、じどうしゃやひこうきのえを、じべたに書いてやりました。

くもっていた空から、雨がパラパラとふりだしたので、はじめちゃんとこのおしめを、とりこんでいると、おばさんが帰ってこられました。それを見ると、はじめちゃんとひろゆきちゃんは、「かあちゃあん」といって走って行き、むねにとびついたり、手をひっぱったりしてよろこんでいました。おばさんも、にこにこして、とてもうれしそうでした。

〈やっぱりお母さんのいるところはいいなア〉と私は思いました。

おばさんは、私に、

「おおきに、おおきに、ありがとうね、末ちゃん」と、なんどもれいをいわれました。

私は、「いいえ」といって家に帰りました。

二月十一日　水よう日　はれ

五時ごろ、兄さんがしごとから帰って、家の中にはいってきたかと思うと、いきなり「ごはんを、七ごうたけ」とねえさんにいいつけられました。私はあっけにとられて兄さんを見ていました。兄さんは、走ってきたのか、「はあ、はあ」といきをきらしていました。

「どうしたの」ときいたら、「はかた（博多）からうらないがきた」といわれました。

「なにしにきたの」ときいたら、「文本《ふみもと》さんのびょうきがなおらないから」といわれました。あとから、福田のおばさんがきて、なんでもおしえたり、ごはんをたいたりしてくださいました。ねえさんは、いちばにかいものにくだったりして、とてもいそがしそうでした。

「お父さん」の前に、いろいろおそなえをしてまっていると、六時はんごろ、はかたのおばさんたちが三人きて、うらないをしてくださいました。

はじめに、うらないのおばさんたちは、三人とも「お父さん」をおがんでいましたが、そのうちに、ふしぎなさけびをあげて、ふたりが立ちあがり、おどりをおどるようなことをされました。それから「さがすものがある」といって、三じょうのまに行って、おしいれの戸を、いきなり、「ガラッ」とあけられました。そうして、なにごとかぶつぶついいながら、おしいれの下の方にはいって、なにかをしきりにさがそうとしておられましたが、いくらさがしても、ぼろしかないので、

「おかしいね、どこにあるのだろう」といって、でてこられました。そして、

「私はなんもしらんけど、ほとけさんがいいよるのだよ」といわれました。

うらないは、一時間はんぐらいしておわりました。おわったら、私はほっとしました。うらないのおばさんたちのすることが、なんだかこわいようで、私は、ふるえながら見ていたからです。

二月十二日　木よう日　はれ

べんきょうもおわり、帰りの時間になってから、先生が、四年生のりかの本をもってこられ、「あした、お金をもってきたじゅんに、この本をわたします」といわれました。

そして、かきつけを一まいもらいました。〈いくらやろか〉と思いながら、かきつけの紙をひらいてみると、「一五九円」と書いてありました。

私は、あまり高いので、びっくりしました。それから、お金がもらえるかもらえないか

が、しんぱいになりました。

もう、光子ちゃんとなかがよくなっているので、いっしょに帰ってきました。

さんばしのところで、兄さんにあいました。「いまゆわんね、お金のことば（お金のこと、いま言いなさいよ）」と、光子ちゃんが私にいいましたが、〈いまいったら、しごとをしながらしんぱいされるから、ばんごはんのときいおう〉と思って、だまって帰りました。

夕ごはんのあと、兄さんにかきつけの紙を見せると、

「四年は、休んでしまえ」といわれました。

「ばってん、行きたかもん」といって、なきそうにすると、百六十円くださいました。

〈なんでこんなにお金がいるのだろう〉と思いながら、私はお金をふでいれにしまいました。

二月十四日　土よう日　くもり
きょうは、きゅうのお正月でした。
福田さんとこも朴《ぼく》さんとこも、朝からおいわいをして、とてもたのしそうでした。
だけど、私たちは、ちっともたのしくありませんでした。「お父さん」に、たったもちを一さらと、おさけだけしかあげることができなかったからです。

いつもなら「お父さん」のおいはいの前にすわると、うれしいのですが、きょうはさみしくなりました。

お父さんは、むこうで、

〈きょうは、きゅうのお正月だから、きっと、ごちそうがまってるだろう〉

と、思われたことでしょう。それなのに、こんなまずしい、へんてこなものを見たら、どんなにがっかりされることでしょう。

それを思うと、私は、お父さんにすまない気がして、どうしてよいかわからないくらいでした。

二月二十七日　金よう日　はれ

帰りの時間に、先生が、青いはねをもってこられました。そして、

「はねをかいたい人は、はねをもって帰って、あした、おうちの人からお金をもらってきなさい」と、おっしゃいました。

ひとつ十円です。みんな、よろこんでかっていました。

〈かおうか、かうまいか、どうしようか〉と、私が思っているうちに、はねはうりきれてしまったので、〈そんなら、ちょうどよかった〉と思いながら、家に帰りました。

一時ごろ、光子ちゃんが、さそいにきたので、また学校へぶらんこのりに行きました。のっているうちに、あたまがいたくなってきました。

「あたまがいたかけん、あたい、はもうかえるよ」といって帰ってきました。すこし歩いてくると、道ばたに青いはねがおちていました。思わず、ひらってみると、はめるところがとれていました。

私は、〈なあんだ〉と思って、はねを手のひらの上で、ふきとばしました。はねは、ふわりととんでおちました。

三月二日　月よう日　くもり

きのうから、「鉱友《こうゆう》くらぶ」で「大づる（大鶴）文化てんらん会」がひらかれているので、学校の帰りがけに見に行きました。

「じどうの作品」のへやにはいって、はじめに習字を見ていきました。私の書いた習字が、赤紙をはられてならんでいました。

私は、自分のかいたものが、にゅうせんしているとわかると、とてもうれしくなりました。その上、にあんちゃんの習字が、金紙をはられて、とくせん（特選）になっていたので、よけい、うれしくなりました。あんまりうれしかったので、ずがのぶ（図画の部）は、ざっとすこし見ただけで、とんで帰りました。

いちばのところを通りかかると、「末《すえ》ちゃん」と、私をよぶ声がしたのでふりむくと、ねえさんがかいものにきていました。

私は「はい」といって、ねえさんのそばへとんで行って、てんらん会のことをはなしました。すると、ねえさんも「ほう、そらよかったね」といって、うれしそうなかおをして、よろこんでくださいました。

三月二十三日　月よう日　はれ

朝、八時に、光子さんとつれだって、入野《いりの》にむかいました。本校で、四年生になったときの組わけがあるのです。

私たちは、三年生までは、大づるの分教場でしたが、四年生からは、入野の本校にかようのです。大づるから本校までは、四キロぐらいの遠さで、道は、坂のおおい、いなかの山道が、はんぶんいじょうです。

本校につくと、もうみんなあつまっていました。まもなく、先生がこられ、「うらうんどう場に、あつまれ」とおっしゃったので、うらうんどう場に行ってならびました。本校の三年生もきて、ならんでいました。本校のせいとと、大づる分教場のせいとと、いれまぜて、組わけがおわりました。

私は、四年三組です。光子さんは、一組です。みのべさんは、はじめ一組でしたが、二組になりました。

入野から帰りながら、こんどから、学校が遠くなったので、たいへんだなと思いました。

四月五日 日よう日 晴

きょうは、雲ひとつない日本晴です。

朝ごはんをたべて、外に出てみると、もう、きれいなきものをきて、入野へ花見に行っている人が、なん人もいました。じゅうばこをもって、よろこびいさんでいました。

〈金持ちはいいが、びんぼうは、つまんないなア〉と思いました。だけど、こんなことを思っていてもきりがないので、光子さんの家に、あそびに行きました。

光子ちゃんの家では、あした、はかたに行くからあそばれないといわれました。いそがしいからでしょう。

それで、こんどは、かずえちゃんの家に行ってみると、ちょうど、花見に行くといって、でかけられるところでした。

しかたがないので、私は、ひとりであそぶことにしました。

手まりを持っているならよいのですが、持たないので、えんがわで、紙にえを書いてあそびました。

3　べんとう

四月六日　月曜日　晴

きょうから、四年生です。

しき（式）がおわってから、わかい男の先生につれられて、四年三組の教室にはいりました。

その先生が、私たちのうけもちの先生でした。教室にはいって、みんな思い思いのせきにつくと、先生は、

「今から、そうじをしますが、名前をしらなくてはつごうがわるいから、ひとりずつ自分の名前をいいなさい」といって、先生の名前もおしえてくださいました。

滝本《たきもと》先生です。

だんだん、じゅんばんが進んで、私のばんがきたので、「安本末子《やすもとすえこ》」というと、

「そいぎ（それじゃ）こんど六年生になる安本高一《たかいち》とかいう人のいもうとさんじゃなか

と」ときかれたので、「はい」とへんじをすると、先生は、きゅうになつかしそうに、「歌のじょうずで、話のじょうずかとん、あんたしらんね」といわれました。

私は、それをきくと、すっかりうれしくなりました。

夕方、にあんちゃんにこのことをいってみると、滝本先生は、おもしろいときはおもしろいが、あらいときには、とてもあらい先生だとのことでした。

四月八日　水曜日　晴

べんとうの時間に、中竹《なかたけ》さんと手をあらいに行きました。そして、だれもいなくなってから、

「千恵《ちえ》ちゃん、あたいごはんたべんよ」といいました。すると、中竹さんは、

「なし、あんたがたべんなら、あたいもたべんよ」といわれました。

「そんなら、ちょっと六ノ二の教室までついてきて」といって教室にもどり、つくえからべんとうをとりだして、にあんちゃんの組に持って行きました。けれど、にあんちゃんはおりませんでした。まさか、私がべんとうを持ってくるなど、ゆめにも思わず、あそびに行っているのでしょう。

私は、私がひもじいなら、にあんちゃんだってひもじいだろう。しかも男だからとびま

わっているし、そのうえ、六年生なので帰りがおそいから、なお、はらがへるだろう。四年生は、おそくても三時には、家に帰られるからいい、と思って、持ってきたのです。

だけど、にあんちゃんがいなかったので、今まで思っていたことがなんにもならず、がっかりしてしまいました。せっかく持って行ったのに、だめになったので、そのまま家に持って帰ってねえさんとふたりでたべました。ふたりでたべたといっても、ねえさんは、ふた口ぐらいしかたべていません。

四月九日　木曜日　晴

おひるの時間に手をあらって、中竹《なかたけ》さんと児玉《こだま》さんについてきてもらい、六年二組の教室に、きょうも行ってみました。きのう、いなかったので、きょうはべんとうは持たずに行きました。

にあんちゃんがおるかおらないか、教室の中をのぞいてみましたが、きょうもおりません。どこに行ったのだろうと思いながら、うんどう場を見つけるとおったので、「にあんちゃん」とよぶと、すぐわかって、こちらにやってきました。

「にあんちゃん」とは、二ばんめのあんちゃんだから、二あんちゃんで、高一兄さんのことです。お父さんがまだ生きておられたころ、私が「高《たか》ちゃん、高ちゃん」といっていたので、それはいけないといって、二年生のとき、お父さんがつくってくださったよび方です。

にあんちゃんがきたので、

「末子たべんから、べんとうやるけん、とりおいで」というと、

「そがんことせんで、おまえたべれ」といってしかられました。

にあんちゃんだって、ひもじいのです。それでも、私を思ってたべないといわれたのです。にあんちゃんがたべなかったので、私もたべませんでした。

四月十三日　月曜日　晴

そうじがすんだので、先生がくるのをまちながら、ろうかにならんでいる時でした。れつをはなれていた田崎《たざき》さんが、きゅうに、

「あっ、くつどろぼう」とさけんで、げんかんにとんで行きました。それを聞いて、みんな「わあっ」ととびだしました。私も行ってみました。私のくつはあったので、あんしんしました。

そこへ滝本先生がこられたので、くちぐちに、

「今、くつどろぼうがにげて行きました」というと、

「男子は、つかまえろ」といって、先生も走って行かれました。まもなく、くつどろぼうはつかまって、つれられてきました。ふたりでした。ひとりは、四年二組の人で、もうひとりは、五年生の人でした。ふたりとも、うなだれてないていました。

とるときも、びくびくとふるえながらとったことでしょう。その上、見つかってつかまったときのこころは、どんなにこわかったことでしょう。私は、かわいそうでたまりませんでした。

先生が、ふたりをしょくいん室につれていかれたので、それからあとは、どんなになったかしりません。

四月二十四日　金よう日　晴

休み時間に光子さんたちと役場に行きました。行きがけは、こわかったけど、かえりがけは、なれたのかしらないけど、こわくありませんでした。役場の上から下を見ると、こわいので、あまり見ませんでした。

役場の中はとてもきれいでした。あんなきれいな家に、いちどでいいからすみたいなあと思いました。ガラスだって一つもわれていません。あまり、きれいなものだから見とれてしまうくらいでした。千晶《ちあき》さんなんかは、役場よりきれいな家にすんでいることでしょう。

「ああ、すみたいなア」となんどもくりかえしました。

〔いくらりっぱな家にすんでも、すんでいる人の心がつまらない心ではなんにもなりません。末子さんのように、りっぱな心を持っているなら、いくら、きたない家にすんでいても、はずかしいとは先生は思いません。――滝本〕

四月二十八日　火よう日　はれ

二時間めに、学級新聞のことについて話しあいをしました。林田《はやしだ》さんがえらばれたけれど、（意見を）いいきれなかったので、中村さんになりました。中村さんもおなじようにいいきれなかったので、野島《のじま》さん、よしひらさん、まきはらさんまでまわりました。だれもいいきれなかったが、千晶さんがいわれたので、私はいわないですみました。

滝本先生が、

「林田と中村は、たが（千晶）さんと安本さんにきんたまば、やれ」といわれたので、みんな笑われました。

こんどの日曜日にしんぶんを出すのです。だいは「よい子新聞」にきまりました。なぜ、きんたまをやれといわれたかといえば、きんたまをさげとるくせに、ものもいいきれないなら、きんたまはさげとかないで、女にやれといわれたのです。

先生が、こんなことをいわれたので、かえるまで男の人が、

「わあ、こい（こいつ）きんたまもらわれるから、うれっしゃしょう（うれしがってら）」

といわれたので、私は力あるだけ、みみをひっぱってやったら、もう、ひっぱられるのがいやかしらないけど、いわないようになりました。

五月三日　日曜日　晴

ねえさんと、はじめて、のうさざきへつわ（つわぶき）とりに行きました。のうさざきというのは、げんかいなだ（玄界灘）が見えるところです。大づるから六キロです。

おにぎりを四ツつくって、十時に家を出ました。私は、早く行ってみたくてたまらないので、大までで歩いて行きました。たのしさに、さかをあがるときも、すこしもつかれがでません。森や、やぼくろ（やぶ）の中を通って、めざすげんかいなだにつきました。

きょうは、とてもよい天気で、風もなく、大づるの海はしずかだったのに、のうさざきは、さすがに、げんかいなだけあって、岩でもわれそうな大なみが、白いしぶきをたて

て、岩にぶつかっていました。

兄さんたちは、こんなにあれているときでも、もぐって、さざえやあわびなんかをとってくるのです。私は、なんだか、兄さんたちがかわいそうになりました。

ねえさんから、「ねずみ島」と「わくど岩」を、おしえていただきました。「わくど岩」というのは、ほんとうに、わくど（がまがえる）がすわっているようなかっこうをしていました。

四時ごろになると、だんだん、空がくもってきたので、帰ることにしました。

私は、小さな木にのぼっていて、とびおりたとき、足のうらをけがしたので、帰りには、びっこをひいてこまりました。

家に帰ってきて、きょうは、足さえけがしていないなら、ほんとうにたのしかったのに、と思いました。

つわとせりを、たくさんとってきました。

五月九日　土よう日　はれ

学校がおわってかえっていると、光子ちゃんが、「ごむとびしようね、末ちゃん」といわれたので、二人してあそびました。

遊んでいるところへ滝本先生がきて、

「安本、べんとうもってきたか」といわれたので、私はくびをよこにふりました。そしたら先生は、「かえらんば（帰らなくては）」といわれたので、「はい」といって、かばんをからって（せおって）いると、先生は、

「うちの女はおらんか。たった一人か」といっていかれました。

私のあそんでいるのが見つかったので、つうちひょう（通知表）につけられることでしょう。今からは道あそびはしないで、さっさとかえることにしました。

〔先生は、べんとうを持ってこないので、ひもじいだろうと思って「帰れ」といったのです。つうちひょうにはつけません。あんしんなさい。――滝本〕

五月十一日　月よう日　はれ

今日は、先生の「かていほうもん」（家庭訪問）で、行くところは一区、二区と三区の近くまで行かれるのです。私のところは一区だから、先生がこられます。家にはねえさんしかいません。兄さんはしごとにいっています。

先生にかえる前にいわれました。

「今日、かていほうもんのところは、道あんないにのこっとけ。先生は大づるの道はしら

んけん（知らないから）」

私は、いくらまっていてもこられないので、「おかしいね」といって教室をのぞいて見ましたが、やっぱりいません。

「こだまさん、しょくいん室にいって見てきて」といっていると、六年生の人が、

「滝本先生なら、男の人つれてむこうに行きよらしたよ」といわれたので、いそいで家にかえりました。

半時間ごろしてから、ねえさんが、「ほら滝本先生があそこに」といって、まきはらさんのちょうないをゆびさしましたので、見てみると、まきはらさんの家にはいろうとしているところでした。

すこし勉強してから行ってみると、先生は、こだまさんの家で話をしていました。すこしたって出てきて、

「安本さんの家には、だいがおらすね」ときかれたので、

「ねえちゃんがおらすです」といったら、

「ねえちゃんのおらすや」といって行かれました。すこしたって出てきて、

「末子さんな、学校からかえってきてすぐあそびにゆくけん、ねえさんな、一人でさみしかていよらすぞ」といわれました。

そのつぎに大森さんのところです。大森さんの家までついていきました。大森さんが、「先生かえっていいですか」ときかれたので、先生が、「大森さんな、すんだけん、かえってよかとばい。そがん、ぞろぞろついてこんでよかと」といわれましたので、私もそこから帰ってきました。

4　大雨の日

五月二十一日　木よう日　はれ

兄さんが、しごとから帰ってきて、「寺浦《てらうら》に行こうかね、行くまいかね」といっていました。すると、ねえさんが、「行かんね、行っておいで」とすすめていました。兄さんは、寺浦のおすわさんまいりに行こうかね、といっているのです。

おすわさんまいりというのは、寺浦にあるお宮に、おさいせんをあげて、すなを少しずつわけてもらってくるのです。そして、そのすなを、家のまわりにまいておくと、夏のあいだ、ひらくち（まむし）にかまれないというまじないだそうです。

夏になると、よくひらくちなどのどくへびがでて、田や畑でしごとをしている時などに、かみつかれることがあるので、かみつかれないように、おすわさんまいりに行って、そのすなをもらってきて、家のまわりにまかれるのです。だから、おすわさんまいりというと、ここらのおひゃくしょうさんたちは、みんなでかけて、とてもにぎわうそうです。

兄さんはたんこう（炭鉱）ではたらいていますから、そのすなにはかんけいありませんが、ただ、どのくらいにぎわうか、一ど行って見てみたい、といっているのです。

寺浦の人は、兄さんに、「ぜひ、あそびにこい」といったそうですが、兄さんは、とうとう、「やめた」といって、行かれませんでした。

ほかの人はこんなとき、百円か二百円持って行くそうです。兄さんは、百円がないから、行かないのかもわかりません。百円がないから行かないのだとすれば、兄さんが、かわいそうです。

二十さいのわかい青年で、兄さんのようなぼろふくをきている人は、見たこともありません。たった一まい、安いジャンパーとズボンを、よそいきとして、おしいれにしまっているだけです。しごとから帰ってきても、きがえるふくがないので、ただ、シャツとズボンだけきがえています。ほんとうに、くるしい一家です。

なくなったお父さんが、なおかわいそうです。こんな私たちをつれて、お母さんがいないので、さびしいようなかおをしているときがありました。二ばんお母さんをもらえばいいのですが、「それでは、おまえたちがかわいそうだ」といって、さびしくても、がまんしていたのです。こんなびんぼうでは、くる人もありません。

「お父さんもがんばるから、たのしい家にしていこうね」といっていながら、死なれたのです。

今でも私は、お父さんのさびしいかおを思いだしては、ときどき、なくときもあります。

お父さんや兄さんは、うんがなかったのだろうと、よく思います。

五月二十二日　金曜日　雨

朝がたは、雨だけで風はあまりふいていませんでしたが、三時間目ごろから、風もビュービューと音をたててふいてきました。

教室のまどガラスがわれているので、そこからつめたい風がはいってきて、さむくてたまりません。

雨風が、ますますひどくなりそうなので、学校を早く帰されました。

きょうのような雨風なら、かさもさされません。麦畑を見ると、麦のほが、波のようにゆれています。木などが、ものすごい音をたててゆれています。海を見ると、波が白いしぶきをたてて、岸にどおーっとたたきつけています。このまえも、ひどい雨風の日がありましたが、いくらなんでも、きょうのひどさには、かなわないだろうと思うほどの雨風です。

家に帰ってきてみると、私たちのちょうない（私たちの長屋）は、みんな雨戸をしめきって、だれひとり、おもてにでていません。

家の中にいても、風のため、雨戸がガタン、ガタンとひっきりなしになっています。おもての雨戸がしまっているので、家の中が、うすぐらくなっています。ねえさんとにあんちゃんは、だまったまま、本をよんでいるので、なんとなくしいんとしています。聞こえるのは、となりのラジオと、ザーッとふきつける雨風の音だけです。

こんなにひどい雨風の日にも、私たちを思って兄さんは、ぬれながらざんぎょうをしています。私は、家の中でじっとしているのは、なんだか、気のどくなような気がしましたが、なにをしていいかわかりませんから、ただ、日記だけつけています。

まだ雨風はやまず、あいかわらず、ひどくふりつづけています。あしたまで、やみそうにもありません。

ほんとうに、あきれた雨風です。

五月二十三日　土曜日　晴

戸口のところから、下のちょうないを見ると、児玉さんたちが、小さな人たちといっしょに、かくれんぼをしてあそんでいました。

私も行ってあそびたかったけど、べんきょうをしかけていたので、書いてから行こうと思い、つくえにもどって、つづきを書きました。

少したって、耳をすましてみると、まだかくれんぼをしているらしく、人の名をよんでは、「見つけたっ」という大きな声がしていました。男の子も、かたって（加わって）きたらしく、男の声も、女の声にまじって聞こえてきました。

聞いているだけでも、おもしろくなってきました。しばらくすると、

「なんがね、あんたべんじょから顔ばだして、手ばふったやんね」というのと、「なんがね、うち顔も手もだしとらんよ」という、がみがみしたふたりの声が、ながれてきました。どうしたのかしらと思って、出てみると、女の人ふたりで、たたきあいをしていました。

そこへおばさんがきて、

「おりこうやっけん、けんかせんもんね」といって、とめてくださったので、けんかは、とまりました。それといっしょに、かくれんぼも、おわってしまいました。

きょうは、かくれんぼをしているのを聞いたり、けんかを見たりしたので、ふつうの時より、べんきょうのひまがかかりました。

こんどから、べんきょうしている時は、だれが、なにをしていようが、わき目もふらずに、ねっしんにしようと思いました。

五月二十四日　日曜日　晴

私の家のうらは、がけになっていますが、はしの方がくずれてきていて、たたみ二まいぐらいのあきちができています。そこにはたけを作って、花をさかせようと思いたちました。朝からひるまでかかって、かたい土を、ようやくたがやしました。それから、また土をほどいて、あなをこしらえて、花のなえをうえました。花のなえといっても、きくの花だけなので、すぐ、すみました。

うえかたがわるかったのかしらないけど、いっときすると、うえた七本のなえが、みんなたおれてしまいました。バケツに水をくんできて、ひしゃくでかけてやりましたが、元気になりませんでした。にあんちゃんが、

「花のなえは、夕方にうえるもんやろが」といわれました。そういえば、そうかもわかりません。なんだか、あまり天気がぬくすぎるので、ぐったりしているようです。

かさを持ってきて、さして日かげにしてやりました。そうしたら、かさもかわくから、べんりではないかと思いました。ねえさんが、私のしているのを見て、わらっておられました。

私はまだ、花のなえは、どうしてうえたらよいのかしりません。きょう、はじめてうえ

たばかりです。

私が、なぜ花のせわをするのかといえば、私の手でうつくしい花をさかせ、その花を、一どでもよいから、「お父さん」にあげてみたいのです。そうしたら、死んでいても、きっとよろこんでくださると思うのです。

うつくしい花を、たくさん「お父さん」の前にならべ、「お父さん」を明るくかざってやりたいと思ったからです。

いまは、たった、きくの花一つしかうえていませんが、そのうちに、うらを花畑にしようと思っています。どりょくすれば、きっと、うつくしい花畑になると思います。

五月三十日　土よう日　はれ

兄さんが私をよんで、「中山みせに、こうでんぶくろをかいに行ってこい」といわれました。兄さんは、お金をくれるときに、

「兄さんとおなじ仕事の井上さんのお父さんが死んだ。だから、百円でも入れてもって行こう」

といいました。

兄さんも、うちのお父さんが死んで、そのとき、こういうことがわかったのでしょう。

私は、一円もってこうでんぶくろをかいに行きました。やはり、どんな人でも、死ぬということは、かわいそうです。どんなことがあっても泣かない人でも、家の人が死んだらなくように、かなしいのです。一度死なれたら、もう死んだ人の顔を見られないのが、私はかなしくてたまりません。私がみせにはいって、「こうでんぶくろください」といったら、わかい人が「こうでんぶくろ」とおくにむかっていいました。私の名前ふだをのぞきこみながらいっていましたから、きっと、この人は、兄さんといっしょにはたらいている中山さんではないだろうかと思いました。

五月三十一日　日よう日　雨

兄さんが、赤石《あかいし》さんからかしりませんが、ゆうべ、ギターをかりてきて、今日は日ようで雨がふっているので、朝からごごの四時までならしていました。兄さんのならしているのをみると、私もならしてみたくなりました。

兄さんがごはんをたべるとき、たきものをわっているとき、とってならしてみました。

兄さんは、「ちょうちょ、ちょうちょ。菜の葉にとまれ」をいっしょうけんめいにひいていました。じいっと、兄さんのうごかしている手を見ていると、私もひけるようになりました。ひけるようになったといっても、ただ「ちょうちょ、ちょうちょ」としか、ひきました。

きれません。私には、それだけがせいいっぱいです。「ドレミファソラシド」も、なにがドか、どれがレかも、まったくしらないのです。ただ兄さんのならしていた「ちょうちょ」だけ、どのせんをうごかしているかを、ねっしんに見ておぼえただけです。

まだ、兄さんもよく「ちょうちょ」を、しまいまで、すらすらは、ひけていないようでした。たいへんギターをひくのもむずかしいようでした。私には大きいので、わきにはかかえられません。たたみにおいてならすだけです。兄さんがギターをとりあげておしいれになおされました。私はひきたくて、ひきたくてたまりませんでしたが、こらえていました。

六月二日　火曜日　晴

のうはんきなので、学校は、ごぜん中だけでおしまいです。

学校から帰ってきても、あそぶあいてがいないので、児玉さんの家に行ってみました。

「久《ひさ》ちゃん、あそぼう」といってよぶと、おばさんが、

「はいってあそばんね（はいってあそびなさい）。うらでままごとしよるよ」といわれました。

家の中にあがるのは、はじめてではずかしかったので、そのまま帰ろうとしていると、

久ちゃんがでてきて、「おいで、おいで」とよんだのであがりました。

そのときは、三時はんでした。あがってみると、うらのえんがわで、久ちゃんは、いもうとのりっちゃんと、さだちゃんをつれて、いままで、ままごとをしていたところだったので、私は、そのまま、ままごとのおきゃくさんになって、かた(加わ)りました。

りっちゃんは、いま、ようちえん生ですが、「ふわ、ふわ」というだけで、あまりものをいいきれません。目をまアるくあけて、パーマをかけて、とてもかわいらしい子どもです。久ちゃんより、ずっとかわいいように、私には、思われました。

四時ごろになると、おばさんが、

「久ちゃん、ごはんよ」とよばれました。すると久ちゃんが、私をひっぱって行こうとされたので、いやがっていると、おばさんが、「よかたい、一ぱいだけでも」といって、つれにこられたので、きのどくでしたけど、私も小さなおちゃわんに、一ぱいとはんぶんだけいただきました。やっぱりおかずも、私の家より、ばいもおいしいものでした。

ごはんがすんで、また、ままごとをつづけました。いまたべたのは、ばんごはんにしては、あまりはやいと思ったので、久ちゃんに、「いまんと(今のは)、ばんごはん」ときいてみると、「うん、かあちゃんも、さだちゃんも、りっちゃんも、とうちゃんも、えいがに行かすけん」といわれました。

そして、五時二十分まえごろになると、みんなは、えいがを見に行くよういを、されはじめました。おばさんが、

「安本さん、久子とあそびよってね」といわれたので、「はい」とこたえました。

六月四日　木曜日　雨

朝からくもっていた空が、晴れないので、雨がふるかもわからないと思っていたら、とうとう、三時間目の中ごろにふりだしました。学校がひけるころになっても、やまないので、ほかの人には、お母さんたちが、かさを持ってむかえにきていました。

私の家には、むかえにくる人がいません。

どうせ、むかえにこられないので、なんの気もしませんが、それでも、少しさみしいような気もしました。

とうばんがすんで、「さようなら」をするまえに、先生が、

「いまは、雨がひどくふっているから、少し勉強して帰りなさい。帰る人は帰ってよろしい」とおっしゃったので、私は、もう少し小ぶりになるまでまとう、と思って、自習していると、甲斐《かい》さんが、

「安本さん、かさ持ってきとらんなら、これかすよ」といって、かさを一本持ってこられ

ました。私は、

「持ってきとらんけん、かしてね」とよろこびながらいいました。

甲斐さんも、持ってきていなかったのですが、いま、お母さんが持ってきてくださったのだそうです。

甲斐さんのお母さんは、大鶴《おおづる》から四キロの道を歩いて、わざわざ甲斐さんのために、赤いカッパとかさのふたつを持ってこられたのです。それで、甲斐さんは、カッパをきて帰るから、かさは、私にかしてやるといわれたのです。

〈お母さんのいるところは、やっぱりいいなア〉と、こころで、つくづく思いました。

甲斐さんのおかげで、私は、ぶじにぬれずに帰ることができました。あまりぬれていなかったので、きがえずにすみました。

六月五日　金曜日　雨

朝、目がさめると、外で「ざーざー」とものすごい音がしていました。よこのみぞでは、どろ水が「ごーごー」と、うなるようにながれています。どのくらいながれが早いだろうと思って石をなげいれてみると、ごろごろといってすべってしまいました。

家のうらは、雨水でいけができるくらい水がたまっていました。石がけから水が「どうーどどーっ」とながれてきます。今日は、ものすごい大雨なので学校はやすみです。うらの雨がゆか下にはいってきました。ねえさんはあわてて水をバケツでくんでいます。兄さんも、家が心配なのでやすまれました。今日の大雨で、光子ちゃんたちのちょうないは、うらがくずれて、戸もあけられないくらいです。あま戸をどろがくずして、家の中まで土がはいったということです。光子ちゃんのおばあさんは、私の家にとけいなどをあずけていかれました。

今日のものすごい雨で、私たちの水道はおちていました。コンクリートもわれていました。私は、まさか水道がくずれおちるとは、しりませんでした。水道がくずれおちたので、下の道は、たきのような早さで水がながれだしました。

あの大きな本船が、ななめにたおれかけていました。今日の大雨で、たいていのところは、くずれているそうです。私は、大雨がふっているので、おもしろくなってきました。あの本船のくずれるのを、見たくなってきました。だけど、いくら大雨がひどくなってきても、本船は、ななめになったままで、ひっくりかえりませんでした。

大雨は、だんだん時間のたつにつれて、すこしずつやんできました。十二時ごろになると、雨はやんでしまいましたので、外に出て、水の中や、みぞの中にはいってあそびました。

また、十二時三十分ごろ、雨がふりはじめました。〈朝のように、大雨になったら、また水がゆか下にはいってくるかもわからない、はいってきたら、くまなければならない〉と思いました。朝もバケツで大かた三十ぱいぐらいくんだのです。

大雨で、からつの道もくずれたそうです。私は、こんな大雨は、今日がはじめてです。本船がななめになるような大雨は、今日はじめてです。海の水は、みんな、土色にかわってしまいました。家の中にはいっていても、雨と、みぞの水のながれる音しかきこえませんでした。

六時ごろになると、雨は、すっかりやんでしまいました。私は、あしたはふらないだろうと思います。今日の大雨で、たいていの人がこまっていたようです。雨がやんだので、むねが「すうーっ」としました。

六月六日　土曜日　雨

今日は、雨はふらないだろうと思っていたら、考えまちがいでした。雨が「ざあーざあー」ふって、風はピューとうなるようにしています。学校がおわって、「さようなら」をする前に、先生が、「いまは、雨がひどくふっているから、すこし勉強してかえりなさい。かえる人はかえってよい」といわれました。私は〈帰ろうか、それとも雨が小ぶりになるまでまとうか〉と思いながら、まよっていましたが、けっきょく、かえることにしました。

外に出ると、本石清子ちゃんがまちかまえていたようにしてきて、「末ちゃん、いっしょにかえろう」といってきましたので、「うん」といって、大森さんと三人でかえりました。

きのうや今日の雨のために、たんぼの水があふれて、道にどーどうーとながれていました。おじさんたちが、せっかく刈《か》って、畑にほしていた麦が、雨のために、じゅくぬれになっていました。私は、おひゃくしょうさんが気のどくでたまりませんでした。

つつみのところまできてみると、つつみの水もあふれていました。赤つちの上を、はだしであるいていたら、石につまずいてすべってしまいました。すべって、しりがいたいのをがまんしながら、どうむ（ドーム）の上の水がながれているところまできたとき、私はびっくりしました。見ると、水がごうーとうなって、いきおいよくながれているのです。私は、〈もどって、マイトゴヤ《ダイナマイトの保管小屋》のほうからかえろうか〉と思いましたが、〈いや、せっかくすべってまできたのだから、いくらぬれてもいいから、ここをとおってかえろう〉ときめて、水の中に足をいれてあるきだしました。

水は私のもものところまできました。ながれが早いので、足を、もう少しでとられるところでした。今日のような雨なら、あしたもあさっても、しあさってもふるかもわからないので、私は心配でした。こんなに雨がふるなら、ほそい道などくずれるかもわかりません。そしたら、そこをとおる人たちがこまります。ほんとうにいやな雨です。

六月八日　月曜日　晴

国語の時間、かん字の書取りがありました。「書いた人は、先生に見せなさい」といわれたので、ちょうめんを持って行きました。

そのとき、私の前には、千晶さんがいました。千晶さんは、私をふりかえって、「お母さんが、花なえをあげるてやっけん、帰りにとりにおいでね」と、小さな声でいわれました。

「いつ」ときくと、「きょう」といわれたので、私は「うん」とこっくりしました。

なぜ、花なえをあげるといわれたのかといったら、このまえの学級のうえんのとき、「千晶さんの家は花がたくさんさいてるからいいわね。あたいも、花畑を作ってみたいけど、花なえがないから作られないの」と、私はなにげなくいったのに、千晶さんは、「どんなもんでもいいなら、あげるよ」といっていたのです。それを、きょうあげるといわれたのです。

千晶さんがとうばんだったので、私は、〈どんな花なえだろう〉と、むねをわくわくさ

せながらまっていました。まもなく、とうばんがすんで、千晶さんが、

「かえろう」と、でてこられたので、「うん」といって、ついて行きました。

千晶さんは、役場の近くの多賀《たが》病院のひとりむすめです。おとなしいので、めったに人とはなしをされませんが、それでも、みんなにすかれています。

千晶さんの家は、まだ、あたらしくてりっぱな家です。家のまわりをとりかこんだようにして花畑があります。その花畑のふちには、くすりびんをさかさまにさして、かざってあり、ひとつひとつの花のねもとには、また小さなくすりびんでかこんで、かざってありました。

千晶さんのお母さんが、花のなえをほってくださいました。うつくしくて、やさしいお母さんでした。花のなえは、ひとえカーネーションと、それから、名のしれないものを二ツと、あわせて三《み》ツしゅるいくださいました。門を出るとき、ていねいに、

「ありがとうございました」といって、れいをしてきました。

もう、学校帰りの人は、ひとりもいなかったので、ローマ字のときならったＡＢＣの歌をうたいながら、帰りました。

5　滝本先生

六月九日　火曜日　晴

学校で、十時ごろ、虫くだしをのみました。先生から、虫くだしをもらったとき、なんだか、のむ気がしなかったので、

「家に持ってかえって、ねえさんにやってもいいですか」と、いってみようかと思っていたら、「虫くだしは、みんなここでのんでしまいなさい」といわれたので、みんなのみこんでしまいました。

虫くだしは、あじも、においも、みんなチョコレートそっくりのおくすりでした。それをのんで、二十分ぐらいすると、教室の中が、黄色に見えてきました。私は、どうしてこうなるのだろうかと、ふしぎでたまりませんでした。それから、のどがにがくなり、きぶんがわるくなってきました。

学校がおわって、「火の神さん」のところまでくると、だんだん、はらがいたくなって

きました。

虫くだしをのんだから、いもはたべてはいけないのですが、私は、家に帰ってすぐ、いもをたべてしまいました。

いもは、私たちのひるごはんなのです。米がないので、いもが私たちのごはんだからです。きょうは、ばんもいもです。

兄さんは、十時までざんぎょうですが、たった一ごうのごはんを、私がいもをたべられないので、はんぶん私にくださいました。

にあんちゃんも、学校で虫くだしをのんできたのですが、しかたがないので、いもをたべられました。

兄さんは、いもをたべると、むねがやけて、仕事をしながら、こまるのですが、兄さんまでいもをたべて、ざんぎょうをしに行かれました。私は兄さんがきのどくでたまりませんでした。

兄さんたちに、しんぱいをさせたらいけないので、なるだけなら、だまってがまんしていようと思って、がまんしていたのですが、あまりいたくなってきたので、

「虫くだしのんだら、はらのいとなった」と口にだしてしまい、それからみんなでしんぱいされました。兄さんが、ねえさんに、「末子ば、病院につれて行ってやれ」といってい

ましたが、私は「よか」といって、行きませんでした。そして、ふとんにはいってねむりましたが、はらがいたいので、ときどき、目がさめて、くるしみました。

六月十日　水曜日　晴

昼ごろになると、はらのいたみも、すっかりよくなりました。おかずがないので、三時半ごろ、佐藤《さとう》さんとこのはじめちゃんと、竹のことりに行きました。いれものはなにも持たずに、あったらとる、というふうにしながら行きました。

いまごろは、よくへびがでるので、先に行ったら、かみつかれそうなので、はじめちゃんを先に行かせ、私は、はじめちゃんの行ったあとばかり、ついて行きました。

自分がへびがこわいなら、はじめちゃんだってこわいでしょう。だけど、はじめちゃんは、自分から、「おいが先に行く」といって、先に行ったから、行かせたのです。

竹の少しばかりある、竹やぶにはいって、七、八本とりました。「ポキッ」と、よい音がしてとれるのもありました。まわして、まわして、まわしちらかして、ようやくとれるのもありました。

竹やぶの中には、あまり日がさしこまないので、少しうすぐらくて、こわいような気がしました。しいんとしているので、きみがわるいような気になり、なんでもないことでも、はじめちゃんに声かけたりして、さびしくないようにしました。

あっちこっち、あるきまわってとった竹の子が、みんなで十三本ありました。ふとさは、ほそいさお竹ぐらいのふとさです。はじめちゃんとこは、こんなほそい竹のこはいらないので、あそぶのに一本だけやって、あとの十二本は、みんな私が持って帰りました。

家に帰ったら、四時十五分でした。

私がかわをむいたら、ねえさんが、きって、たいてくださいました。とてもおいしくたけていました。ばんごはんのおかずにしてたべました。

きょうまで、学校を休みましたが、あしたは行きます。

六月十一日　木曜日　晴
千晶さんからいただいた、三色《さんしき》すみれのような花が、朝、見るとさいていました。色が、むらさき、白、赤むらさき、と三つの色があるから、三色すみれとみんなはよんでいるのでしょう。理科の本にのっている、三色すみれのえ（絵）とあわせてみると、花も、はっぱも、みんなよくにています。
学校で、千晶さんに、
「千晶さんからもろうた、三色すみれにようにとる花ね、もうさいたよ」というと、

「もう、さいた」といって、びっくりしたような顔をされました。

いま、私の家のうらにうえている、花のしゅるいは、みんなで六つです。その中で、いちばんおおいのはきくです。それから、コスモス、カーネーションのじゅんです。

花のなえは、みんなじょうぶにそだっています。

きょう大森さんから、また、きくのなえを二本いただきました。

私はカーネーションは、どんな花が咲くだろうかと、いちばんまっています。みんないっぺんにさいたら、どんなにきれいだろうかと思います。

六月十二日　金曜日　晴

「安本末子」と、きゅうに先生から大きな声でよばれたので、びくっとしました。私は、おごられる（叱《しか》られる）のだろうかと、びくびくして先生の前にいきました。先生のいまの声に、さわがしかった教室が、夜中にねしずまったように、しいんとしています。私のからだは、ぶるぶると、かたから足もとまで、みなくてもわかるくらいふるえています。

いま、先生から、何かいわれても、何もいえないくらいでした。私が今何かわるさをしたなら、おごられるだろうが、なにもしていないので、なにがどうなって、先生は、私をふつうとちがったような大きな声でよばれたのだろうかと、私は思いました。

先生は、しばらくだまっていましたが、何もいわずに、紙に文字のかいてあるものをくださいました。私は、それを見て〈なんだ〉と思いました。先生は、うまればんごうに人の名前をよばれました。紙には学級費五十円とか、今日はうけせん（受銭、つまり賃金をもらう）なので、そのようなお金を百四十五円もってきなさいと紙をくださったのです。先生はそのため大きなこえで「安本末子」とよんだのではないかと思います。教室があまりやかましかったので、大きな声でよんだら、しずかになると思ってよんだのではないかと、私は思います。でも、するどい声でよばれたときの気持は、生きたここちはありませんでした。

〔「ごめん、ごめん」ぼくの声は大きい。注意していても思わず大きく出るのです。注意します。――滝本〕

六月十七日　水曜日　曇

きょうは、学校へ行っただけで、ひとつも字をならいませんでした。

そのわけは、ラジオの学校新聞の話がすんでから、先生が教室にこられ、「いま、なんの話があったか」とききかれました。井上さん。林田さん。草野さん。石田さん。この人たちに聞かれましたが、みんな、しまいまでいいきれませんでした。

すると、先生は、

「おまえたちの聞きかたが、全校でいちばんわるい。おまえたちのようなばかもんが、勉強するしかくはない。帰りよういして、帰れ」とものすごくはらをたてられました。

「あしたもおこられるのがいやなら、学校にこんでもよい」といって、二時間目がきても、三時間目がきても、むっつりとおこったまま、先生は、勉強をはじめようとされませんでした。

だから、私たちは、学校へきたっきり、なにひとつならっていません。あそんでもいません。べんじょに行ってきては、また教室にとじこもっているだけでした。

みんなうつむいて、しずかになっているので、二組の人が、本を読んでいる声だけが、はっきりと聞こえていました。

それにしても、先生は、なぜきのうから、きげんがわるいのでしょう。私たち、勉強しにきているのに、なぜ勉強をされないのでしょう。とうばんがすんでしまったころになると、先生は、少しきげんがなおったようでした。

六月二十日　土曜日　雨のち晴

「安本、ほら」といって先生はきょう、きのう見せた日記をかえしてくださいました。にあんちゃんは、六月十八日に、増本《ますもと》先生に日記を見せて、ほうびに五十五円の「NOTE BOOK」をもらってきて、とてもよろこんでいました。

家にかえってきて、日記をひらいてみると、「日記六」とかいた帳面に、赤インクでかいた紙がでてきました。紙には、つぎのことが書いてありました。

「先生は、日記を夜おそくまで読ましてもらいました。なみだにぬれながらね。

まじめにこんきよくかいています。感心しました。毎日毎日の生活を反省しながら、一歩一歩よい子供になっているのがわかります。くるしい生活。さびしい生活。それは、ほんとうにつらいことです。けれども、それにまけてはなりません。思うようにならないのがこの世の中です。けっして、けっしてまけてはなりません。

世界でも有名な野口英世《のぐちひでよ》も、またアメリカのアブラハム＝リンカーンも、トマス＝エジソンも、みんなまずしい、まずしい家に生まれたのです。

小さいときにぜいたくをした人は、大きくなって『くろう』するのです。小さいときに『くろう』した人は、大きくなったら楽しくくらせるのです。毎日、正しいりっぱなおこないでくらしてゆくことです。

お父さんやお母さんのいないつらさは、口ではいえないものです。けれど、戦争で孤児になった子供たちとくらべると、りっぱな兄さんがあり、やさしい姉さんがあることだけでも幸福です。

早く大きくなって、りっぱな人になり、兄さんや姉さんを安心させることです。お父さんやお母さんも、それを待っておられます。学校では先生が兄さんのかわりですから、何でもえんりょなく、こまったことなどあったらいって来てくださいね。

花畑をつくることはほんとうによいことです。早く花をつくってお父さんにおあげください。きっときっとおよろこびになります」

とかいてありました。

先生のかかれたとおり、「どんなつらいことでも、まけてはいけません」それは、ほんとうです。どんなくるしいことでも、かなしいことでも、まけず、りっぱに生きていくことです。先生が、私のくるしかった生活にみかたしてはげましてくださったので、くらい心があかるくなってきました。私は、先生の書かれた文をなんどもくりかえしてよみました。読むにつれてかなしくなってきました。いつとしれず、目になみだがじんとこみあげてきました。

六月二十二日　月よう日　晴

学校からかえってくると、家の中がきれいにかたづけられ、ねえさんが、こなをこねていました。かまどには、かまにあずきをいれてたいていました。

「ねえちゃん、なん？ぜんざい？」ときいたら、

「うん。あんちゃんがともだちばつれてくるて言よったけん、ちらかしたらいかんよ」といわれたので、「うん」とこたえました。

ぜんざいときいたらうれしくてたまりません。

「末ちゃん、今日でおわりだから、よくあじしめて……」といわれたが、だまっていました。

あずき二ごう、さとう一きん、こな三百め、みつ、あまげん二十、これだけのものをいれてたかれました。はらの中がグッとなっていました。兄さんがざんぎょうなので、六時までがまちどおしくて、よだれがでそうになって、早くたべたくてたまりませんでした。

私は、〈あまりおきゃくさんがこられないがよい〉と思いました。家のきたなさくらいならよいが、第一、ぜんざいをついであげるちゃわんがありません。どんぶり一つだけあるのです。兄さんとおきゃくさんと二人でたべるのです。そしたら兄さんは、どれで食べられるでしょう。

びんぼうはびんぼうらしく、じょうひんぶらないでいるのが一ばんいいのです。私たちの前では、べんとうばこでたべようが、かまをかかえて食べてもなんでもないけど、いく

らなんでも、他人の前では、そんなにしてたべられません。だから、よんでこないがいいと思うのです。

ちゃわんがないから、こんばんもべんとうばこでたべました。おきゃくさんはこられなかったので、ほっとしました。あずきのために、しるがむらさき色にそまっていました。あまりおいしかったので、水が二ごうはいるくらいのべんとうに、四はいもたいらげてしまいました。今日のぜんざいのあじは、わすれられないくらいおいしくたけていました。

六月二十五日　木曜日　雨

かさを持って行かなかったので、からだ全体ぬれて、帰ってきました。

「ただいま、ねえちゃん、ねえちゃん」といいながら、家の中にかけこみましたが、家の中はがらんとして、うすぐらく、だれもいませんでした。からだがぬれてさむいので、七りんのそばによってみると、火は、とっくにきえていました。

〈ねえちゃん、どこに行ったのかしら〉と思いながら、ねまきにきがえました。

いっしゅくだいの、かけざんわりざんなどをしていると、いつも聞きなれた、ねえさんの足音がして、家の前でとまったので、ふりむくと、「ガラッ」と大きな音をだして雨戸をあけて、はいってこられたので、

「おかえり」といって、三じょうまの方へでてみると、お米をたくさんかってきておられました。

お米をおろしてしまい、ねえさんが、

「なんキロしょう」とうれしそうに聞かれたので、

「十五キロか、二十キロ」といったら、

「十六キロ」といわれました。

きょうは、うけせん日だったので、まっさきにお米をかってこられたのです。

「こんどの十二日には、どうしても、あんちゃんにカッパこうてやらんば」と、道にあなのあくように、はげしくふりだした雨を見ながら、ねえさんがいわれました。

ほんとうに、カッパだけは、どんなにしてでも、かってあげなければなりません。

一日も休まずはたらいてくださるお兄さん。私たちを思って、ぬれてまではたらいてくださるお兄さん。なんてありがたいお兄さん。

はたらいて帰ってくると、ばかのように、「きっちいな、きっちいな」と、ふざけていわれます。私には、兄さんのきついのがよくわかります。ぬれてまではたらく兄さんが、ありがたくて、ありがたくて、なんておれいいっていいかわかりません。

雨は、あいかわらずふりつづけています。

六月二十七日　土よう日　雨

「どさっ」と、カバンのなげだされたおとがしました。にあんちゃんが学校からかえってきたのです。家の中に足をあらって、あらい足どりではいってこられました。にあんちゃんは、なにかあったらしく、なき顔になったようにして、すごくはらかい（腹立て）ていました。本立のよこで「少女」をとって、「だいがやぶったか」と、はらかいたうえに、また、はらかいておこりだしました。

見ると、「少女」のうらがわが、ビリッとやぶれております。「しらん」といったら、

「西門《にしかど》た。いつでもあそこにかしたらやぶってくるぞ」と、はなをすりあげながらいわれました。ねえさんが、「ひろゆきがやぶった」といわれたのでしょう。

「ひろゆきがやぶったなら、ひろゆきにしゅうぜんしてもろてこい」と、こんどもあいかわらずはらかいていました。

にあんちゃんは、やぶったままかえしたら、もうかりるしんようもなくなるから、はらかいてなくようにして、いわれたのではないかと思います。やぶれてしまってあわてても、まったくあとのまつりです。にあんちゃんがはらかいたのも、家にかえってきてじゃなく、学校からかえってくるときから、はらたてていられましたから、かえってくるときから、

なにかあって、はらたててきたのだろうと私は思います。

六月二十九日　月曜日　曇

六じょうのへやで、にあんちゃんとふたりで、時計をなおしていると、「こんにちは、こんにちは」という声が、戸口から聞こえてきました。私は、その声を聞いて、〈あっ〉と思いました。滝本先生です。先生の声は、いつも教室で聞いているので、すぐわかります。

〈先生は、なぜ、こられたのだろう〉と、ふしぎに思いました。

ねえさんも、兄さんもいなかったので、にあんちゃんがでて行って、先生のあいてをしていました。三じょうまのえんで話をしていましたので、よくは聞こえませんでしたが、「あすまで休み」とか、「このことを一区の人にしらせてくれ」とかいっていました。

きのうの大雨のために、がけなどがくずれて通れないので、きょうは、学校は休みになっていたのです。先生が、

「末子さんは」と聞かれたので、にあんちゃんが、

「おるです。はずかっしゃしよっと（はずかしがっている）です」といっていました。

それを聞くと、私はよけいはずかしくなって、どうしても、先生の前にでて行けなくな

りました。あさって、学校へ行ったら、「安本は、なし(何で)かくれとったか」と、いわれそうな気がしてなりませんでした。

七月六日　月曜日　晴

とうばんがすんで、先生に、そうじすみましたといいに、しょくいん室に行ったら、滝本先生はいませんでした。

〈どこに行ったのかしら〉と、もどりながら、家事室をのぞいてみると、先生が、オーバーのようなものをかぶって、ねていました。

　はいって行ってみると、ぐっすりとよくねむっていました。すやすやと、かるいねいきで、とても気持よさそうでした。

「先生、そうじすみました」といって、おこすのが、なんだか、きのどくになってきましたが、いわないと帰れないので、おこすことにしました。

「先生、先生」と、二、三べんよびましたが、おきられないので、かるくゆすると、先生は、むっくりとおきられました。

「先生、そうじすみました」というと、ねむそうな声で、「まどしめて、かえってよい」といわれ、また、うとうとと、よこになって、ねむりにはいられました。

よくねむりにおちていたところをおこしたので、まどをしめて帰りながらも、きのどくでたまりませんでした。

七月九日　木曜日　晴

昼、べんとうをたべているとき、校長先生のお話がありました。だけど、なにをお話されたのか、ひとつもわかりませんでした。

それはなぜかといったら、私の組は、まいひる、べんとうを持ってきていない人は、持ってきている人がたべているあいだ、きょうだんに立って、本を読むか、歌をうたうか、しなければいけないように、きめられているのですが、きょうは、四時間なので、べんとうを持ってきていない人が、いつもよりおおく、七、八人おりました。

持ってきていない人たちは、いつものとおり、きょうだんにあがって、

「あんたから、しんしゃい」

「ちがう、こまんか人（背の小さい人）からしんしゃい」といって、あらそっていたので、林田さんが、

「こら、はよせんか。いせ子からせれ」と、どなったのです。すると、それにちょうしづいて、男子がみんなのように、「うたえ、うたえ」といって、きょうだんにおる人を、た

たいたり、しかったり、ドタンバタンと、教室中をおいまわしはじめられたのです。女の人が、きな声（黄色い声）をだしてにげる。それを、おおかみのような大声だしておいまわす。つかまって、たたかれて、おいおいとなく大きななき声などで、大さわぎになりました。

べんとうのふたをあけていると、ごはんにごみがはいるので、ふたをしめて、私は、あとでたべました。

そのとき、校長先生のお話があったのです。教室のスピーカーからは、よくきこえてくるのですが、さわぎのために、なんのお話なのか、ちっともわかりませんでした。

きょうは、三時間目から、滝本先生がいなかったので、帰るときまで、さわいで、さわいで、さわぎまくって、「さよなら」をしました。先生がいないと、いつでも、大さわぎです。

6 びょうき

七月十一日　土曜日　曇

どうしたのか、きのうから、左のせなかのほねがいたくてたまりません。とうばんのときも、私は、手ひとつつけていません。いたさのあまり、立っても、ねても、すわっても、どうしてよいか、きちがいになってしまうような気がしました。

私は、ろうかのまどに、もたれかかって〈私は、なぜ、このように生まれたのだろう。なぜ、ほかの人のように、元気につよく、よいからだになってこなかったのだろう。こんないたい目にあって、くるしむようなら、いっそのこと、死んであのよに行った方がよい。そうしたら、お父さんやお母さんにあえるかもわからない〉と、いたさと、かなしさのあまり、泣いていました。

生きるのが、いやになってきました。

人にばかり、そうじをさせて、自分はしないということは、よいことではありません。

けれど、じっとしているだけでもいたいのに、どうして、そうじができるでしょう。

七月十二日　日曜日　晴

「兄《あん》ちゃん、ごはんよ」といって、私は三じょうまにいった。

おや、と私は思った。いつも、はがま（関西でつかわれる広口のかま）はかまどに、すえて、そこで、ねえさんがついでくださるのを私がはこぶのだ。おかゆのときしか、はがまはもってこない。そのはがまがここにある。中をのぞいてみたらおかゆだ。私はがっかりした。あとからきた兄さんと、にあんちゃんもがっかりしたようだ。

三ごうのおかゆを四人でたべた。おいしくないおかゆをむりやりひもじいのでたべた。おかずがあるならいいが、しょうゆだ。米がないからきりつめていくのだ。

三ごうの米も、きのうねえさんが、町内のもち月《づき》さんから一しょう五ごうかりてきたのを、三ごうたかれたのだ。のこりのものを、ひるとばんとでたべてしまったので、米をまたかりにいった。となりの吉田さんは、にあんちゃんがこめのことをたのむと、しんせつに、「きいてみる」といったのですが、やはりなかった。十五けんばかりきいたが、なかったので、三区まで、にあんちゃんがいってかりてきた。みんなよろこんだ。まっ白い、いなかこめだ。あしたは、雪のように白いごはんだと思うと、たべているようにうれしくなってきた。

七月十三日　月曜日　晴

七月十一日から、いたみだしたかたが、ますますひどくなってきました。ねえさんが、「学校いかれんか」といわれたので「うん」といったら、「学校休むなら、びょういんにいけよ」といわれました。

「にあんちゃん。学校にいったら先生にいうとってね」とたのむと、にあんちゃんは「うん」といって学校にいかれました。

九時ごろ、ねえさんとびょういんに行きました。うけつけで、ねえさんが紙をもらってくれました。兄さんがとくりんじ（特別臨時）なので、ろうむ（労務）でびょういんのしょうめいをもらってきて、内科にわたすと「ねつをはかりなさい」といって、たいおん計をくださったので、わきのしたにいれました。びょういんにかかったのは、はじめてです。ねつは三十七度でした。「安本さん」とかんごふの中島《なかじま》さんがよんだので、私だけいくと、「あっち」といって、おいしゃさんのほうをゆびさされたので、行くと、一人のおばさんがあおざめて、心配そうにしていました。あとでわかりましたが、その人はつじという人でした。つじさんが「私が一ばんはじめでしょうか」というと、いしゃは「ああ、あなたがはじめですよ」といわれました。

つじさんは、せきりにかかったのが一ばんでしょうか、ときかれたのです。いしゃは、ろうむに電話をかけて、「どこにも、しょうどくをまいてくれ」といいつけました。つじさんは、「町内からにくまれるでしょうね」といしゃにききました。いしゃは、「それは、そうでしょう」といわれました。つじさんの顔を見ると、えいせいにきをつけないような顔をしていました。

あと一人いしゃがいたので、私がいくと「どこがいたい」ときかれたので、「かたのホネが……」とこたえました。いしゃはよくしらべて、「ちゅうしゃ（注射）をしてもらいなさい」といわれたので、中島さんのところにいって、ちゅうしゃしてもらって帰ろうとすると、「ちょっとまって」といって、いしゃは、こんどはいちばん大きい、二十五センチぐらいあるちゅうしゃを、もってこられましたので、私はびっくりしました。中島さんからしてもらったのは、七センチぐらいのでした。

この大きいのも、いたさはあまりありませんでしたが、血をとられました。からだがあつくなり、目がふらふらして、なんにもみえませんでした。私はそのとき〈からだをあつくさせて、血をとってころすのではあるまいか〉と思って、全身がゾーッとしました。

しかし、それは、大きなまちがいでした。血をとられると、かたのいたみはすこしおさまりました。が、ふらふらして、すこしずつしかあるかれません。

ねえさんにからだをささえてもらって家にかえると、しょうどくが、いっぱいまいてありました。それを見たとき、私はびょういんでいしゃが、「どこへも、しょうどくをまいてくれ」とたのんだから、まかれたのだな、と思いました。

七月十五日　水曜日　曇

きょうも、まだ、かたはいたみましたが、きのう、わざわざ先生がこられ、「しけん中だから、早くすませてきなさい」とおっしゃったので、むりして、学校へ行きました。早くすませてきなさいというのは、かたのほねを早くなおしてきなさい、ということなのです。

じゅぎょう中に、また、いたくなったので、本をおいて、かたをもんでいると、先生が「安本さん、またいたみだしたね」ときかれたので、「はい」というと、「どら」といって、ようご室につれて行ってくださいました。

ほけんがかりの三村先生がきて、「なんの病気ね」とふしぎそうにきかれたので「しりません」というと、「こまったね、名のわからん病気だからね」と、つぶやいておられました。

滝本先生が、いつのまにか、にあんちゃんをつれてきて、「なんの病気ね」とたずねていました。にあんちゃんは、

「ぼくは、病院に行っとらんけん、しらんです」と、こたえていました。

「先生が、ひるから大鶴《おおづる》までつれて行くけん、ねとかんね」といって、滝本先生は、教室にもどられました。

「朝よりいたかか」と、にあんちゃんがきいたので、「うん」とこっくりをすると、

「しっかりせれ、あんちゃん心配して、仕事さっさんかしらんぞ（仕事をされないかもわからないぞ）」といって、心配そうにしながら、でて行かれました。

それから、私は、少しねむっていました。

なん時ごろか、先生がきて、目がさめると、「行くばい、先生のいすから、かばんとざぶとんとっておいで」といわれたので、教室に行ってとってくると、先生は、自転車をだしておられ、にあんちゃんもきていました。

自転車のうしろに、ざぶとんしいて、だっこしてのせて、ふるスピードで、ぶっとんで行きました。あっというまに、森や家をこえ、大鶴につきました。

ついでなので、病院によって帰りました。

先生は、私のことに、たいへん心配してくださいました。ちゅうしゃなどで、二時間も

ひまがかかりましたが、だまってまっていてくださいました。

病院を出ると、先生は、

「ちょっと、まって」といって、店にはいって、あんパンを二つかってこられました。

それを私の手にわたしながら、先生は、

「夏休みまで、ぜったいに学校にでてきたらいかんよ。また、ひどくなったらいけないからね。それから、勉強のことは考えずに、ゆっくり休んできなさいね」と、やさしくいって、私のすがたが、さかの上に見えなくなるまで、見おくってくださいました。

私は、自転車にのっているとき、先生のやさしい心が、身にしみて、二、三ど泣きました。私が見えなくなるまで、見おくっていただいたときも、目をふきました。

よわい、かなしい、自分のすがた。

七月十六日　木曜日　雨のち曇

朝、私がおきたときには、にあんちゃんは、研究はっぴょうに、一ばんのバスで、有浦《ありうら》小学校へ行ってしまって、家にはおりませんでした。

昼、ねえさんと、ごはんをたべながら、へにあんちゃんは、べんとうをたべるとき、麦ばっかりのようなごはんだから、はずかしいだろうな〉と思いました。

私の家は、よその家のように、お金持ちでもなく、兄さんひとりで、せき（籍）もなく、安いきゅうりょうでは、米のごはんをたべることができません。くる日も、くる日も、麦めしです。その麦めしさえも、まんぞくにたべられません。

だが、いくらびんぼうでも、学校からえらばれて、よその学校にまで行くのなら、人目があるから、米めしを持って行くのがあたりまえでしょう。

にあんちゃんの、くろっぽい麦めしをたべているすがたが、目にうかんで、なんだか、かわいそうになって、ごはんのあじがなくなりました。

七月十八日　土曜日　曇

夕方六時ごろ、ごはんを食べて外に出ると、それとはんたいに、私のしらない人が、家にはいっていかれました。仕事からかえるとちゅうらしく、油のついたシャツと、ズボンをはいていました。顔はいなかっぺのようでした。私は兄さんがつくえの前にこられたので、えんからはいり、小さな声で、「あんちゃん、あん人だい（あの人だれ）」ときくと、「のうさの井上さん。あんちゃんとおなじ仕事ばの人」といわれました。

井上さんは、なんのようでこられたのか、私はしりません。兄さんとすいじばのほうで、なにかペラペラ口をうごかしていましたが、十分ぐらいして、かえっていかれました。からだは、でっぷりして、がんじょうそうにみえました。せいは兄さんより高いようでした。

私は、〈よく六時ごろ一人でかえれるなア〉と思いました。

なんの用事でこられたか、はじめは、しりませんでしたが、兄さんにあとできくと、井上さんは、仕事ばの人のわるくちをいっていかれたそうです。兄さんはきくばかりだったそうです。

兄さんは、人のわるくちをいうのはきらいです。私もそれはさんせいです。人のわるくちをいっている人は、その人もいわれているかもわかりません。井上さんもいわれているかもわかりません。私は、かげで人のわるくちをいうのは、よくないと思います。それは、わるくちをいうのは、その人一人でなく、二、三人でいうはずです。たとえですけど、井上さんのいったわるくちを、兄さんがいわれた人にいうと、その人は、はらかいて（腹立てて）、けんかされるかわかりません。わるくちは、けんかのもとにもなり、よいことはないでしょう。私は、それもですが、なにしろ、わるくちをいうのは、すきではありません。

七月十九日　日曜日　雨

久しぶりに、「お父さん」の前にすわりました。にあんちゃんが、私の「通知表」もらってきたので、あげたのです。お父さんが生きておられたころは、いつも私たちの「通知表」を見るのを、たのしみにしておられたので、なくなってからでも、いつも見せるようにしているのです。

にあんちゃんとふたりならんで、ろうそくをともして、せんこうをたてて、「通知表」をお父さんが見やすいようにひらいてあげて、それから、五分ぐらいおがんでおりました。いつもなら、「お父さん」の前にすわると、こころがよろこぶのですが、きょうは、かなしい心でした。なぜかといったら、私の通知表に「優秀」が一つもなかったからです。

それをあげながら、私はこころの中で〈一学期は、こんなわるいせいせきで、もうしわけありません。どうか、ゆるしてください。そして、二学期までまってください。二学期には、しっかり勉強して、たとえたった一つでも「優秀」をとってみせます〉といってあやまりました。なみだが、一すじ、ほおをながれたので、三じょうの方にもどってきました。

なん分かたって、私ひとりで、またきてみると、一本のろうそくはきえ、のこりの一本も、しょうじのやぶれめから、はいってくる風にゆられながら、みるまにもえきってしまいました。あとは、せんこうだけが、五、六本たって、しんとしずまっていました。

〈ああ、もうお父さんは、ほんとうにこのよにはいないのだ〉と思うと、また、かなしみがこみあげてきました。

しかられたときは、きびしくてあらいお父さんだと、いっていましたが、ほんとうは、やさしいお父さんでした。死なれたら、目がさめたように、わかるものです。

七月二十一日　火曜日　晴

きのうから、夏休みにはいっています。

私は、たのしい夏休みだから、どこか私のしらない、大きな町へ行って、すみからすみまで見学してみたいなア、と思いました。

それでなかったら、波がきらきらとかがやくはまべの家で、しずかに本でも読んでみたいなア、と思いました。

けれど、思うだけで、なんにもならないから、やっぱり、びんぼうぐらしはつまんないなア、と思いました。

けれど私は、また思いました。

こんどの水害（七月十九日、西日本一帯をおそった豪雨の被害）で、死んだ人や、家をなくした人が、なん千人といるそうです。

その人たちにくらべると、家にすまれるだけでも、ありがたいものです。ぼろぼろの麦ごはんでも、なんばいか、こうふくです。

私は、それを思って、四十日間どこへも行かなくても、すこしもさびしくないと思いました。

七月二十二日　水曜日　晴のち曇
ドンドンドンと、たいこの音がしたので、出てみると、なにかしらないが、ぎょうれつして、えいがかんの方にむかっていました。

光子さんとふたりで、行ってみました。

ぎょうれつは、高串《たかくし》の増田《ますだ》神社の夏まつりのせんでんでした。

増田神社が、どうしてできたのかは、いまから、五十年か六十年ぐらい前の話です。

高串に、せきりのようなひどいでんせん病が、はやりました。つぎからつぎへ、おおぜいの人がせきりにかかりました。

そのころ、高串には増田という名前のおまわりさんがおりました。増田さんは、せきりにかかった人たちを、なんとかして、みんなたすけようと思っておられました。ほかの人は、だれでも、せきりにかかった人を、きらって憎みましたが、増田さんは、少しもそんなことはなく、やさしくかんびょうしたり、おみまいをしてやったりされました。

そうしているうちに、増田さんに、せきりがうつりました。すると、りょかんの人は、うつるからといって、増田さんをきらい、ごはんなども、竹の先にのせてさしだしていたそうです。それでも、増田さんは、少しもおこらず、みんなのことを心配しておられたのですが、だんだんひどくなって、とうとう死んでしまわれたのです。

そして、その、いよいよ死ぬというとき、増田さんは、高串の人たちに、

「でんせん病のたねは、私がみんな持って行きますから、私が死んだあとからは、みなさんも、二どとおこさないように、よく気をつけてください」といわれたそうです。

そして、それからは、高串では、でんせん病というでんせん病は、どんなものでも、はやらなくなったそうです。

高串の人たちは、増田さんのえらさがはじめてわかり、そこで、お宮をたててまつってあげようということになり、りっぱなお宮をたてました。それが、高串にある増田神社です。

それから何十年とすぎた、いまでも、よその町では、どんなにひどくはやっても、高串では、でんせん病は、はやらないそうです。

私は、この話を兄さんから聞いて、増田さんのやさしい心に、こころからかんしんしてしまいました。

七月二十四日　金曜日　晴

今日はじめて、もやしをしこみました。まめはふ、た、な、り、ま、め、です。はこは、ダイナマイトばこです。私は、もやしがだいすきです。お父さんが、よくしこんでいました。もやしは、つければ一年中たべられます。私がた（私たち）一家は、もやしがすきです。私は、お父さんがもやしをすきだったので、できたら、まっさきにあげてやるつもりでいます。

7　「ストライキは私の大かたき」

七月二十五日　土曜日　晴

朝の五時ごろ、サイレンがなって、一ばん方《がた》から、とつぜん、ストにとつにゅうしました。それで兄さんは、おともだちと、のうさざきへさざえとりに行くといっていました。八時ごろ、そのよういをしていると、またサイレンがなって、ストはかいじょになりました。

きょうのストは、ちんぎんがあがるのではなく、ボーナスがあがるストだったので、私の家には、なんのききめもありません。ただストがあったら、こまるだけです。

私は、いつも、ストがないようにと、心の中で、おがみます。それは、ストをされたら、はたらかれないので、お金がなくなります。そして、いくらなくなっても、せき（籍）がないから、ろうどう組合から、かりることもできません。ふつうの人からかりようとしても、いつまでストがつづくかわからないから、かしてくれるはずがありません。そうしたら、しまいには、うえ死にするばかりです。

ストときいたときは、がっくりしましたが、かいじょになったときくと、もとの心になりました。

ストは、私の大かたきといっていいでしょう。

七月二十七日　月曜日　晴

七時にえいがに行きました。だいは忘れましたが、せんそうのえいがです。ばめんは、アメリカ、がいこく、日本の三つ所でした。「ひめゆりのとう」を見たときも思いましたが、見るにつれて、せんそうをするのがいやになりました。つみもない人間を、手にハリガネをつきさして、くびきって、どこがいいのでしょうか。てきがとおっていたら、うしろから出てきて、ひもで首をしめて、おもしろいのでしょうか。うれしいのでしょうか。かなしくないのでしょうか。なんのため人をころすのでしょうか。てっぽうでころしたり、バクダンでころしたりしていました。

私は、人をころすのはよくないと思います。だけどせんそうにいったら、てきをころさなければ、自分がころされるので、ころしたりするのです。へいたいを作らなければ、せんそうもおこらないと思うのです。なぜかといったら、てきがおしよせてきても、へいたいがいないので、せんそうができません。おしよせてきた人たちも、自分たちばかりしていても、あいてがしないので、おもしろくないので、ひきあげていくと思うのです。

私の一ばんかわいそうだったのは外国人たち、十万人といっていいでしょうか、百万人といっていいでしょうか、ずらりならんで、道路を前へ前へと進んでいました。女が前で、男が女のせなかに、じゅうこうをぴたりとつけて進んでいます。するとアメリカの、よいほうたちが、たいほうをうって道をふさいでいます。たいほうは、人間の前にきてうちかぶされました。すると、「アイゴウ」とか、ふしぎなさけびをあげて、その人たちは死なれました。

私は、今日のえいがを見て、からだがブルッとしました。

〈兄さんも、ひょっとしたらいかなければならないかもしれない。いつかは、つれにこられるかもわからない。そしたら、どうしていきていくだろう〉——こう思ったからです。

せんそうは、一日も早くやめてください。

七月二十九日　水曜日　晴

はっとうきびを、ごご六時三十分に食べました。はつものなので、「お父さん」にあげてからたべます。私一人で、ろうそく、せんこをあげておがみました。こうばしい、おいしいにおいがします。このとうきびは、にあんちゃんと姉さんとでつくったものです。四つたいたので、一人一つずつです。私は〈あまりあげても、お父さんがたべてくださらないからかなしい〉と思い、ざんねんです。

お父さんがたべてくださるなら、私のよろこびは、天をこえ、どこまでいっていいか、わからないくらいのものとなることでしょう。こわいときもありましたが、やさしいお父さんでした。しんでしまうと、しみじみやさしかったことが思いだされます。

八月二日　日曜日　晴

今日は、大そうじです。わずかなにもつをうらにだしました。それから、たたみをだして、たたみの下のいたをはきました。

私とにあんちゃんとたたみをたたきました。たたけばたたくほど、ほこりは、きりなくでました。パラパラとすこし雨がふったので、三じょうまのたたみをいれました。六まいのたたみは、へやにいれただけで、ひきませんでした。しょうどくしてもらうからです。

いつまでたっても、こられなかったので、三まいひいたとき、やっとしょうどくがこられました。いたを四まいはずして、ゆか下にこなをまいて行かれました。

兄さんがたたみをふかれました。へやがすっかりきれいになったので、ちらかさないようにしました。六じょうまが、八じょうまのようにひろくみえました。

八月五日　水曜日　曇

　きょうは、学校へ行く日でしたが、私は休みました。はらがせいた（いたくなった）からです。

私が元気でいたのは、夏休みになってから、きのうぐらいなものです。

はらは、昼からはなおりましたが、町内の人たちは、私を見ると、「末ちゃん、顔色の青かね。ぐあいわるか。よわよわしとるね」といいます。

私は、えいよう不良なのです。ごはんのおかずは、いつもつけものか、しおこんぶです。それもないときは、しょうゆです。そのうえ、ごはんといったら、米二ごうに麦三ごうです。麦だけのときもあります。白ごはんは、正月からいままでのあいだに、四、五かいぐらいたべたでしょうか。

　からだのよわいのも、むりではないと思います。

　学校へ行っていれば、みんなと、いままでのことを、たのしくかたりあえたろうに、たのしくあそぶこともできたのにと、私は、自分のからだのよわいのが、かなしくてたまりません。

八月十三日　木曜日　曇

ふと私が、やきばの方を見てみると、くれかかった空に、一すじのけむりが立ちのぼっていました。また、だれかが死なれたのです。

父にせよ、子にせよ、また兄弟にせよ、なんとかわいそうなことでしょう。死なれた家の人は、たいそうなんぎされ、かなしんでおられることでしょう。

死なれたときのかなしさは、私は、お父さんに死なれたとき、よくあじわっています。人間は、死なれたときが、いちばんかなしいのです。もう二どと、えいきゅうに、あわれません。顔を見ることも、声をきくことも、よろこんでもらうことも、できないのです。私は、それがかなしくてなりません。

水道ばたに行って、私は、びっくりしました。死なれた人がだれだかわかったからです。その人は、中学二年の人で、家は双見町《ふたみちょう》ですが、勉強もよくできたし、おこないもりっぱな人でしたから、私もよくしっている人です。高野《たかの》のおばさんも、

「あの子は、ほんとによかったとけね」といって、おしんでおられました。

名は、牧口《まきぐち》という人です。

その牧口さんが、きのうの朝、弟とふたりで、にわとり草をとりに、はだしで行ったそ

うです。そして、せんたん場（選炭場）のうらで、電線をふんだのです。そこで、弟も、兄をたすけようとして、とびついたので、ふたりとも電気にすいついてしまったのです。

その時、せんたん場のおじさんが見つけて、くつでけってたすけたのですが、兄さんの方は、もう手おくれだったそうです。

弟は、家に帰りましたが、しばらくのあいだ、口がきけなかったそうです。それでも、ようやく、「あんちゃんが、電気にすいついた」と、お母さんにいったのです。するとこんどは、お母さんが、口がきけなくなったそうです。

お母さんは、まっ青になって、かけて行き、きちがいのようになったそうです。

「かあちゃんは、おまえば、たよりにしてきたとけ」といって、死がいにだきついて、泣きわめいて、どうしても、はなれなかったそうです。

そのときのお母さんのむねの中は、どんなだったでしょうか。いままで、りっぱにそだててきて、もうすぐ青年になるというところまできて、死なれてしまうとは、どんなにかなしいことでしょう。どんなに、くやしかったことでしょう。かわいそうな、牧口さん一家。

一すじのけむりは、高く高く、空へあがって行きました。きっと、あのけむりにのって、たましいは、天国へ、天国へとのぼって行ったのでしょう。

八月十七日　月曜日　晴

きかいはまわっていませんが、兄さんは七時までざんぎょうです。のりまわしでなくスキップ（ボタ山の頂上）だから、きかいにはかんけいがないからです。山のてっぺんだから、冬がくるとこまります。さむいのです。

スキップは、もとお父さんがしていました。兄さんは、八月十一日からスキップにうつったのです。

八月十九日　水曜日　晴

学校に行くと、ところどころで五人ほど円をかき、夏休みのことを話し合っていました。かねうでなどは、みんなやけています。ぬくさのあまりダラーとしている人もいました。かねんぼ（鉄棒）のほうへ走っていくと、あとからスズコさんが、およぐような手をして、「安本さーん」といって、楽しそうな顔をしてきたので、こっくりうなずきました。私は、おいでと首でしたのです。「もうハラなおった」ときかれたので、「ウン、もう、早ようなおったよ」といいました。

みんな、うつくしいかんたんふくをきています。十四日間もそうじをしていないので、ろうかなどはすなでざらざらしていました。
朝会のとき校長先生から、せきりが八月十日に、みんななおったので、およいでよいという、うれしいしらせがありました。よろこびの声がどっとあがりました。校長先生もよろこんでいました。家にかえるときも、およいでいいしらせがあったので、うきうきした足どりになりました。かえって、ねえさんたちと水泳にいきました。

八月二十日　木曜日　晴
雲一つない空に、太陽が一つぎらぎらとやねに光をおとしている。すみきった大空に海。一そうの船がゆるやかな海の上を、線をひいてすべっていった。太陽のはんしゃをうけて、線はぎんいろにゆれる。ぎんいろのすじ。それはちょうど、お姫さまの通る道のように思えた。その線も、しだいしだいにきえていった。もうみえない。お姫さまが通ったからだろう。
海も空も、世界のはてまでつづいているのだろう。いま太陽は、高い高い空の上から、世界に光をあたえているでしょう。
太陽は、私たちにとってたいせつなものです。太陽が出ない日は、くらく、せんたくなどもよくかわきません。たいせつな太陽。（作文）

八月二十一日　金曜日　晴

おにごっこをしているさいちゅうである。家のうらで、「ネズミっ」と大ごえがしました。みんなが「わあっ」とさけんでいってみると、まったく大きなネズミでした。長さが二十センチぐらい。むねはばが五センチぐらいあるようでした。

ネズミは、ミゾにはいっていきました。ミゾをのぞいた人が、こんどは「ヘビだっ」とさけびました。私はそれがしんようできず、のぞいてみました。すると、おお、なんと、私のうでぐらいの太さのあおだいしょうが、ネズミをくわえていました。

まわりには、人がみるみる黒だかりになってきました。ミゾからあおだいしょうがでてきました。みんなが、うしろによろめきました。ヘビは家のよこにきて、ネズミをのみはじめました。五分かんほどで、のんでしまいました。ヘビは、いたべいのあなに首をいれたが、ハラがふとっているのではいりません。

ヘビはうらの方にちかづきました。その家の主人が、ほうきでヘビをよけました。ヘビはくさむらにはいってしまいました。みんながかえったあとは、しいんとしずかになりました。

8　首切り

八月二十九日　土曜日　晴

ろうどう組合の前を通ると、赤はたが二本立っていました。首切りはんたいの赤はたです。会社はいま、石炭がうれないからといって、はたらいている人の首を、切ろうとしているのです。

じむ所の前に行くと、組合の人が、えんぜつをしており、それをおおぜいの人が、立って聞いておられました。

これは、聞いたはなしですが、じむ所の二かいから、所長さんなどが、これを見て、わらっておられたそうです。婦人会のおばさんが、目になみだをためて、

「えんぜつを聞きに、あつまってください」と、さけんでいたということです。

夜になると、組合の前に、赤あかと、ちょうちんやたいまつの火が、もえはじめました。ちょうちんぎょうれつです。長い大きなちょうちんに「首切りはんたい」と書いてありま

した。

手に手にちょうちんを持って、二区の方へむかいました。子どもが、はんぶんぐらいです。みんな大きな声で「ろうどうしゃの歌」をうたっていました。まえうしろからもまれながら、病院の前にきたので、私は、そこから帰りました。

三百七十五名。兄さんが、切られはしないかと、おちおちしていられません。

九月三日　木曜日

きょうはお母さんの六年き（忌）です。

百円で、すこしばかりのおかしとくだものをかいました。ざんねんなのは、お花がないことです。なくなったのは、夜中の三時です。

男のふたりはねましたが、ねえさんと私のふたりは、お話をしておきていました。

お母さんは、有浦《ありうら》の東小川病院《ひがしおがわびょういん》でなくなりました。病気は心ぞうの病気で、一年間入院していたのです。そして、お母さんがなくなった日は、病院には私とねえさんのふたりだけしかついていなかったそうです。それは、ちょうどその前の日に海があれて、わたし船がかよわなかったからです。

私はお母さんのお話を聞くと、いつもかなしみのためにむねがつぶれます。

死ぬときまで、私たちのことばかりしんぱいしていたというお母さん。しんぱいのあまり病気がひどくなって、そして、しまいには気がくるったというお母さん。「病気がなおったらはかたに行こうね」といっていたというお母さん。そして、おそうしきの時、私のかわりにわら人形を作ってかんの中に入れてやったというお母さん。かわいそうなお母さん。私は、お母さんにもっともっと生きていてもらいたかった。そして、ほかの子のように、もっともっとあまえていたかったと思います。

　お話をしているうちに、ねむくなったので外へ出て顔をあらってきました。それでも、またねむくなったので、二時間ほどねました。

　それから、三時になったので、ねている兄さんたちをおこして、お母さんにごはんをおそなえして、おがんでから、私たちもたべました。さびしい夜でした。

九月八日—火曜日　晴

　とうとう、兄さんは、あしたから仕事に行かれないことになりました。首を切られたのです。会社は、りんじ（臨時）から、まっさきに首を切ったのです。

　これから先、どうして生きていくかと思うと、私は、むねが早がねをうって、どうしていいかわかりません。ごはんものどにつかえて、生きていくたのしみがありません。

だいいちばんに、ねるところがなくなります。会社の家だから、首を切られたら、出て行かなければなりません。

学校にも行けないように、なることでしょう。いくら人間がおおいといっても、首を切ってしまうとは、あんまりではないでしょうか。

人間は、一どは、だれでも死にます。

私は、ためいきで、一日をおくりました。

九月九日　水曜日　晴

今日は、ぶんさんと野口さんの二人に、わかれ会が、高野さんの家でありました。兄さんは六じょうまにいました。テーブルにはごちそうがのっています。

〈にいさんは、どんなにしているだろう〉と思ってのぞくと、さけをのみ、タバコをすって、人のうたうのに手をうっています。そのすがたはふりょう青年のようです。私は、それを見てぎょっとしました。

兄さんが、ちょうしにのって手をたたいているのも、さけをのんでいるのも、タバコをすっているのも、十年ぶりです。生まれてはじめて見ました。

「アレは兄さんじゃない！　私の目がくらんでいるのだ！　あんなことをするはずがな

い！」と自分の目をうたがったが、それは、キツネでもなし、亡霊《ぼうれい》でもない、兄さんでした。なんだか心がさみしくなりました。むねがなみうちだして、さみしくて、かなしくて、どうすることもできませんでした。

九月十三日　日曜日　雨

兄さんは、高本《たかもと》という唐津《からつ》の家にいきました。なぜかといいますと、私たち一家は、こじきになるようなじょうたいになること、うけあいないでしょう。一人でも、兄さんは、どこかの家にあずかっていただきたいとあせっています。私とにあんちゃんを、だれかにあずかっていただかなくては、と兄さんはこまっているのです。

兄さんは、十時のバスでいって、二時半の船でかえってきました。かさがないので、ぬれてかえってきました。高本さんに、「ねえさんによいつとめはないか」と話しにいったら、「さがしてみる」といわれたそうです。

九月十九日　土曜日　晴

日のたつうちに、からだのよわっていくのがわかります。からだがねつでつつまれ、だらりとして、足でささえきれないように、よわりました。いちばなどからあがってくると、ふらふらっとたおれそうになります。

昼は、〈もう、五日も学校を休んだから、先生がこられるかもしれない〉と思うと、心配で、おろおろするばかりです。

夜は、ためいきがでてきます。なんでもなく、でるのです。

学校を休んでいるわけは、本代がないためです。三百三十円。にあんちゃんの分が、二百六十円。あわせて五百九十円。

二十五日まで、たべていかれるかどうかと心配しているじょうたいなのに、どうして、五百九十円ものお金があるでしょう。

九月二十一日　月曜日　晴

学校へ行きたくて、気が気でありません。

お金がないのが、かなしくってたまりません。けれども、どうすることもできません。

学校へ行けないなやみが、はりさけるように、たまっています。ごはんのあじも、ぜんぜん、わかりません。かなしみがつまって、のどをとおりません。

学校へ行けないで、なやんでいる私を、なやんでいると、だれがしっているでしょう。私ひとりで、なやんでいるのです。人にうちあけても、なんにもなりません。お金が、でてくるわけでもありません。

考えても、どうにもならないので、わすれようとしても、わすれることもできません。

夜もねむれません。学校へ行かれない、ただ一つのなやみのために。

うけせんが、うそもかくしもない、でんぴょう（伝票）をみせてもいい、たった二千四百円。どうやって生きていくのでしょう。

九月二十三日　水曜日　曇

今日、私は日曜日のようなきがしました。私が学校を休んだからでしょう。はたらく人も休みです。

今日は、一番がたから、二十四時間のストライキにとつにゅうしたのです。

みんな休んでいたから、日曜日のように思えたのです。

兄さんは、仕事みつけに唐津に行かれました。

ばんまで、「二十九日のせんきょには、木村、三上などおねがいします」という声を聞きながら、兄さんをまちました。ハラがペコペコです。バスがきました。兄さんがかえってきました。のむように、ごはんをたべました。仕事はみつからなかったようです。

九月二十六日　土曜日　晴

朝おきてみると、兄さんのすがたが見えません。仕事を見つけに行かれたのです。

このまえも、長崎まで行かれたのですが、見つからなかったのです。

〈きょうこそ、見つかるといいなア〉と思いながら、兄さんの帰りをまちました。

ばんの八時ごろ、しょんぼりとして、もどってこられました。帰りには、八キロほど歩いたということです。

だんだん、学校へ行きたい心も、しだいにきえていきます。考えていても、行かれないので、考えないようにしたのです。

いまは、学校へ行くのが、こわいような気持です。それは、あまりながく休んだので、先生から、しかられそうな気がしてならないからです。このごろは、お友だちにあうのがつらくて、どこへもあそびにも行っておりません。

一年生の時は、二かいか三かい休んだだけで、行きましたが、二年生の時も、三年生の時も、やく三分の一は、休んでしまいました。それもみんな、お金がないためです。びんぼうのためです。

ああ、びんぼうって、かなしいことばかり、ためいきばかり。

九月二十八日　月曜日　晴

かなしい月日が、ゆめのように、すぎていきます。

米がなくなり、夜は、しゃげ麦を、四ごうたきました。みんな、いろいろな思いをして、それをたべました。でも、私たちは、はしですくうと、はしのあいだから、ぽろぽろと、麦がこぼれおちました。いますので、そんなにたべにくいということはありません。

麦だけのごはんでも、ありがたいことです。七月などは、朝から夜まで、一日中なんにも口にいれず、すわることも、立つこともできず、かみをふりみだして、青白くなって、ねていたこともあります。

はらとせなかと、ひっつくほどひもじい時もありました。それを思えば、麦だけでも、ありがたいことです。

こんなぽろぽろの麦ごはんでも、

「ごはん」ときくと、みんなよろこんで、はんだい（飯台）につきます。

〈だれか、私たちを、そだててくれないかしら〉

9　わかれ、わかれに…

十月三日　土曜日　晴

私たちにも、かなしい月日がちかづいてくるようです。

兄さんは、つみこみでなければ、はたらけないのです。今日、船がきていないので、やすみです。このように、休んではいき、いっては休む、そのようなことで、どうしていのちをつなぐことができるでしょうか。

みんなもう心配で、とくに兄さんがくるしんでいます。私もみのうえが心配ですが、心では、どうせ兄さんがどうかするだろうと、半分かんがえています。このさき、どうすればいいのでしょうか。死ぬまで、くるしまなければならないうんめいでしょうか。

十月九日　金曜日　晴

仕事からかえってきて、さっそく兄さんが「明日、はんばへじひょう（辞表）をもっていってたいしょくするぞ。家から出ていけっていわれたときは、かくごしとけよ。しまいには、五百円ずつもって、ばらばらになろうや」といわれました。その顔には、けっしん（決心）の色がでていました。はりつめた心がゆるみ、目があつくなってきました。

——しんせき一つない。

私はこう思いました。

〈たいしょくするていうて、どがんしょうて思いよっとやろか。五百円ぐらいで、どがんしょうて思いよっとやろか。だまって、たべていかれんばって、はたらけばよかとけ〉とまちがいかもしれませんが、私はこう思いました。

十月十日　土曜日　晴

はんをもって、たいしょくに行く兄さんを見て、私はふらふらしました。

今から、どうしてたべていくでしょう。

かえってきた兄さんの姿をみたとき、私はむねがどきどきしました。そして、兄さんが「仕事がみつかるまでは、たいしょくさせんて」といったのをきいたとき、私は、こおどりしてよろこびました。が、兄さんは、

「月曜日には、仕事がみつかったていうて、たいしょくする」といい、あくまでもたいし

ょくするような顔でした。

十月十三日　火曜日　晴

兄さんが、きのうたいしょくするといって行かれましたが、させないといわれたので、また今日からつみこみです。うけせんが、二千五百八十円です。どうしてくらしていけましょう。兄さんがたいしょくするというのも、むりないと私も思いだしました。二十五日目なら千なんぼかしかないでしょう。ごはんも、ブタもたべないくらいのものです。ハシですくうと、ぼろぼろとまる麦がこぼれおちます。それでも、「ごはん」ときくと、私はよろこんでハンダイにつきます。

十月十七日　土曜日　晴

三時ごろ、下の町内で、かくれんぼをしていて、あき家から顔をだして、ぎくっとしました。滝本先生と、増本先生が、私の家の前にいるのです。「あたい、もうせんよ」といって、さかをかけあがりました。むねが、どきどきしていました。家のよこの草むらのかげにかくれて、いきをころしていると、

「末ちゃん」といって私をよんでいる、ねえさんの声が、聞こえてきました。からだをだすと、「おいで」といって、家の中にはいって行かれました。

あまりながく休んで、はずかしいので、おずおずのぞいてみると、だれもいませんでした。先生たちは、帰られたあとだったのです。ほっとして、へやにあがると、兄さんが、わらっておられました。私が、

「先生、なんて言わした」ときくと、兄さんは、それにはこたえず、

「末子は、学校に行きたくない、といっていました、ていうとったけんね」といわれました。私は、あまりのことに、かなしくなって、しょんぼりへやをでて行こうとすると、

「うそや、うそや」といって、ほんとうのことを、おしえてくださいました。

私は、月曜日から、学校へ行けるようになったのです。滝本先生は、

「本は、学校の方で、なんとかしますから、学校へやらせてください」といって、たのまれたそうです。

増本先生は、なぜこられたのかというとにあんちゃんの修学りょこうのことで、こられたのだそうです。そして、にあんちゃんも、修学りょこうに、行けるようになったといわれました。

私は、あさってから、学校へ行けるのだと思うと、うれしくて、うれしくてたまりませ

ん。

十月十八日　日曜日　晴

兄さんは、じつは四、五日前、とうとうたいしょくしたので、私が学校を毎日休んでいるので、きのう、先生がたはこられたのです。

今のよていでは、私とにあんちゃんは福田さんの家にいくのです。ねえさんは、こもりにどこかにやとわれるでしょう。兄さんは、一人でさがして、しごとにいくのです。みんな、わかれるのはほんとうにさびしいものですが、いまはしかたありません。

十月十九日　月曜日　曇

今日から学校に行きます。あまり休んでいたので、はずかしくなりましたが、友だちは、そんなに「なし（何で）、休んだと」ときかなかったので、思ったほどはずかしくありませんでした。そうじがすんだとき、先生が、「きなさい」といわれたので、いくと、「りかと社会は、あとであげます」といって、国語とさんすうをくださいました。

今日から毎日、学校に行けるので、うれしくてたまりません。

十月二十日　火曜日　曇

先生が、「りょこうにいかない人は立ちなさい」といわれたので立ちました。三人でした。すると先生は、

「安本さんは、いいです。先生がなんとかします」といわれました。私は、かんしゃで、よろこびで、そのうれしさをなんといっていいかわかりません。一人だけに、りょこうにいけるのをよろこんだのではありません。先生のあたたかい心に、かんしゃしたのです。

おんがえしは、山ほどしたいのですが、このじょうたいではしかたがありません。言葉はうれしいのですが、まあ、ふくなどはどうでもいいのですが、くつがありませんから、先生の言葉はありがたくうけとりましたが、りょこうにはいかれません。ほんとうにざんねんです。けれど、言葉はありがたくしまっておきます。

十月二十三日　金曜日　晴

きょう、私の家に、手紙とはがきが、一ぺんに三十八まいもきました。なんの手紙かというと、ねえさんに、ほうこうにきてくれという手紙です。

私たちは、早くこの家をあけなければいけないのです。けれど、どこにも行くところが

ないから、ねえさんも、すみこみではたらくことになったのです。

それで、兄さんが、新聞社に、

「子守り奉公《ぼうこう》、まん十六歳、千五百円」

というこうこくをだしたら、きのうの朝の新聞にのったのです。それを見て、三十八まいもの手紙がきたのです。けれど、ねえさんの行くところは、もうきまっています。きのうの昼、佐賀《さが》からわざわざおじさんがきて、「ぜひ、私の家にきてください」とたのまれたそうです。

手紙の中には、会社の社長さんなど、よいところがたくさんありましたが、もう、やくそくしたのだから、どうしても、佐賀の方へ行くのだそうです。

ねえさんは、はたらくところが、きまったのを、よろこんでおられるようです。

私は、わかれるのが、かなしくてなりません。

十月二十五日　日曜日　曇

朝、一ばんのバスで、兄さんとねえさんは、佐賀へ行かれました。

そのあとへ、一時ごろ、

「ごめんください」といって、私のしらないおじさんが、こられました。でていくと、

「ねえさんは」と、きかれました。

「朝、佐賀に行かれました」

「あんたは、このまえいませんでしたね」

「では、佐賀の人ですか」

「はい」

そのおじさんは、このまえこられた、佐賀のおじさんでした。

「兄さんは、一日、やくそくがちがったといって、一ばんのバスで行かれました」

「そうですか。きのう、えきまでむかえに行ったけど、きていなかったのできましたが、いれちがいだったんだね」

「そうでしょう」

「おりこうさんですね」といって、おじさんは、二十円とかきを三つ、くださいました。

「おりこうさんですね」といわれたとき、うれしさと、はずかしさがいっしょにあがってきました。

私は、おじさんが、やさしそうな人なので、ねえさんのために、よかったとよろこびました。

おじさんは、「では、さようなら」といって、ていねいに頭をさげて、帰って行かれました。

した。私も、ていねいに、おじぎをしました。

兄さんは、おしまいのバスにのって、帰ってきましたが、ねえさんは、きませんでした。ねえさんが、家におるときは、なにかにつけて、もんくをいったりしていましたが、いなくなると、やっぱり、いわなければよかったと、はじめてわかりました。

なみだが、あとからあとから、こみあげてきました。ねどこにはいって、しのびなきをしました。お父さんが、死んだときくらい、かなしい気持でした。

いまから、学校から帰ってきても、家の中には、（ねえさんは）いないのだと思うと、かなしくて、どうしても、なみだがとまりませんでした。

十月二十八日　水曜日　曇

国語の時間、書取りのしけんにとおらなかったので、のこされました。八百字書くのです。はらはへっています。五百字書くと、うでがいたくなりました。それをがまんして書きあげました。

帰ろうとして、校門を出ると、先生が、

「おそくなったので」といって、あんぱんを二つかってくださいました。

私は、うれしいやら、かなしいやらで、むねがいっぱいでした。家がびんぼうなので、こうして、もらってくらさなければならないのが、かなしかったのです。

こんなにしてもらっても、おんがえしのできないのも、かなしかったのです。

二日まえの日も、先生が、

「安本さん、きてごらん」といわれたので、ついて行くと、工作室で、

「校長先生のおくさんが、くださいました」といって、新聞づつみをわたされました。

それは、ワンピースでした。空色に、白と赤の水玉もようの、七ぶそででした。

その時も、私は、ありがたさや、かなしさで、なにを思うこともできず、目があつくなりました。まさか、校長先生のおくさんが、くださろうとは、ゆめにもなにも、ぜんぜん、思っていませんでした。

十一月一日　日曜日　曇

兄さんは、二十九日に仕事さがしに行ったまま、きょうあたりは帰ってくるはずなのに、まってもまっても帰ってきません。

きょうで、四日間も、ふたりきりでねるのです。家に帰ってきても、がらんとしているので、さびしくてたまりません。

兄さんは、どうしたのでしょう。

ねどこにはいってからも、いまかいまかと思って、耳をすましています。行った先も、わかりません。兄さんの身の上に、なにかおこったような気がして、むなさわぎがしてなりません。

十一月二日　月曜日　晴

いがいにも、兄さんから手紙がきました。それには、ボタ（石炭くず）で中ゆびをうって、ホネが見えたって、それで毎日病院にかよっているのでかえれないということでした。心配です。手紙をだしたいと思います。兄さんが死んでしまったように、かなしくなりました。

　お手紙ありがとうございました。

元気にくらしていますから心配いりません。一日もたらずにけがをするのは、うんがわるかったのでしょう。

富永《とみなが》さんがきて、兄さんがきたらろうむにくるように、もしいなかったら家にくるようにといわれただけです。

文芸会に、えんそくの作文をだしたら、八十八てんで、人にきいたようにじょうずかったので、おちたようです。先生は、私一人でかいたことをしんじていられるので、なんとかたのんでみますと、いわれました。

そろばん大会にも、えらばれましたが、四年生は、ちがうといわれました。兄さん早くなおって、一分でも早くかえってきてください。

日曜日にかえってこられなかった時は、かなしくてねむれませんでした。

おたよりを。

くれぐれもきをつけて、さようなら。

十一月二日

末子より

お兄さんへ

十一月七日　土曜日　曇

こんなにうれしいことはありません。それは手紙がきたのではなく、本人がきたのです。兄さんがきたのです。左手の中指は、白いほうたいがまいてありました。兄さんの顔は、まえよりべっぴんに見え、わかく見えました。今晩は、兄妹三人でねることができます。

毎晩、にあんちゃんと二人で、兄さんのかえりを、いまかいまかと思いながら、さびしく一夜をあかしていたのです。今晩は三人だと思うと、こんどはうれしくてうれしくて、それでねむれそうにもありません。でも私たちは、たのしく三人でいられますが、たった一人のねえさんは、どんなにしているのでしょう。しらない家で一人でくらすことは、どんなにさびしいことでしょう。ねえさんがかわいそうでたまりません。

十一月十日　火曜日　晴

今日から宮崎さんの家に行くので、本立などはこびました。宮崎さん一家は、親子五人です。おじさんは、かなりいい心をもっています。心では、大鶴で宮崎さんにかつ人はいないほどです。おばさんもよい心のもちぬしです。男一年生、女二つ、男〇歳、この三人の子どもがいます。しかし、兄さんとわかれなければいけないので、かなしくてかなしくてなりません。いつになったら、四人なかよく、くらすことができるのでしょうか。

私とにあんちゃんは、ほんとうは福田さんの家に行くはずでしたが、それができなかったのです。

今日も学校を休みました。

兄さんは、長崎にはたらきに行かれました。もうとうぶんの間あわれないかもわかりません。

十二月二日　水曜日　晴

兄さんから、ねえさんあてにきた手紙が、まわってきたので、うつします。

「ねえちゃん、だいぶ寒くなったけど、変わりはないだろうね。兄さんは、体はピンピンしてるから、安心していいよ。十六日の日、仕事に出たけれど、まだ傷が痛むので、無理だったよ。今月いっぱい休まねばならない。でも、高ちゃんや末ちゃんのことは、心配するほどのことはないだろうと思う。今月末ごろ、佐賀から年金がくる予定になっているから。なるだけなら、お前の働いた金は、使いたくないと思っている。高ちゃんたちからは、便りはあるかい。兄さんに出すより、ねえちゃんによけい出せと書いてやっとったが。この前二人から『ねえちゃんに会いたくてたまらないから、すぐ連れて行って』と手紙がきとったよ。で、『ねえちゃんも、お前たちに会いたいと言っていた。あそこのおばさんが、正月にあそびにつれておいでと言っていたから、正月にはつれて行ってやるから、それまで楽しみにして待つように』と返事を出しておいたよ。高ちゃんたちもふびんだから、そちらは迷惑かもしれないが、旅行のつもりで、ほんとうにつれて行こうかと思っている。お前からもよろしく言っといてね。

ここは、不良青年ばかりで、たいした所だよ。イレズミをいれたやつらが、酒をのんであばれるので、こわいほどだよ。でも、兄さんは、お前も知ってるとおり、不良なんかなんとも思っていないから、気にしなくてよいよ。しかし、不合理なことをいわれると、ほんとに腹が立って、『ええ、くそっ』と思うときもある。が、お前たちのことを考えて、あきらめている。ほんとに兄さんは、お前たちのことを思うと、どうしてよいかわからない。かわいそうで、かわいそうでたまらない。お前たちほど苦労するものが、どこにおるか。でも、いつも言っていたように、やさしい、愛の心を失わないようにね。ではまた、便りをするからね。」

十一月二十三日

姉さんへの手紙

お手紙ありがとうございました。

お姉さんがへんじをまっているだろうと、早く書こうと思いましたが、そのひまがなかったのです。家はもとのままいます。

兄さんは、姉さんが行ってからまもなく、長崎へはたらきに行かれました。それから二人の生活がはじまりました。朝は五時におきます。ごはんをたいたり食べたりすると、学校に行かなければなりません。家に帰ってくるころは、五時か六時ごろ、おそくなります。ばんのごはんをたいて食べ、それから朝のよういをしていると、ふろに行くのもやっとです。

私たちは二人ですけど、一人の姉さんはどんなにさびしいか、その心はわかります。またいつかあえる日もありますから、気をおとさずに、おたがいにしっかりはたらいて、その日をまちましょう。

毎日、姉さんはどんなにしてすごしていますか。私もにあんちゃんも、元気に学校にかよっています。お姉さんのことを一日もわすれたことはありません。お姉さんのいうことをきかなかったことを思うと、かなしくなります。しごとをするのはいいですが、一目姉さんの顔が見たくてたまりません。仕事にとりかかっても、ああして姉さんがしていたなあと思うと、姉さんのまぼろしがうつって、かなしくてなみだがでます。

私はなによりも、ねえさんのハガキ一枚が楽しみです。ねえさんから手紙がきた時、それはもうなによりのなぐさめものでした。

これからも、ひまがあったら手紙をください。私もだします。

お体に気をつけて、さようなら
おねえさんへ

末子より

第二部

兄妹四人……

〈昭和二十九（一九五四）年二月二十五日——九月三日〉

　わかれわかれになるまで、この四人兄妹の住んでいた家は、小高い山の中腹に段々畑式に建てられていた六畳《じょう》と三畳の二間《ま》ずつの、かなり老朽化した六軒長屋の角《かど》の一戸であった。長屋の長さは、三軒長屋もあれば、九軒長屋もあるというふうに、まちまちで定まっていなかった。この町の子供たちは、小学校三年までは、炭坑の分教場に行き、四年生になると、約四キロの道を歩いて、村の中心部にある入野の本校に通っていた。途中は、人家のない山坂道なので、寒い冬や雨の日などは、困らされどおしだったようだ。

1　友だちのたんじょう日

二月二十五日　木曜日　曇

今日は、学校のわかれ写真をうつす日です。千晶《ちあき》さんはそれで、きいろい前あきの毛糸シャツとはだ色のスカートをはいて、おなじはだ色のくつしたに、ぴしゃりとしたかわぐつをはき、すこしおしゃれしてきていました。二組の吉田先生も、私たちが写真をうつすのを見にこられていたのですが、千晶さんのうつくしいすがたに、うっとりとして見ておられました。入野小学校の人も、中学校の人も、千晶さんが通っていると、千晶さんのうしろ姿が見えなくなるまで、見ておられました。千晶さんは、一生このまま苦労せずに、そだっていくことでしょう。

私は、一番うしろの列に立ってうつりました。みんなが見ておられたので、はずかしくてたまりませんでした。なんだか、くすぐったいような気がしました。目をパチッとしようとしたかと思うと、「はい、うつしますよ」といわれたので、がまんしていました。がまんできないくらいになると、涙が出てきました。涙がたまっている時うつされたので、写真に涙の光っていることがわかるでしょう。どうせ私は、写真のうつりかたを知りません。

二月二十七日　土曜日　雨

道具を机に入れて、工作室にはいると、千晶さんが、聞きとれるか、とれないかというような小さな声で、「あした来てね」と言われました。

あまりはっきりしなかったので、「なんて?」と聞きかえすと、「よか、あとでいう」といって、わらっていかれました。

何のことだろうか、と遊ぶのもわすれて、考えこんでいました。二時間目がおわって、このことばかり考えて、ボサッと立っていると、千晶さんが、「あした、あたいのたんじょう日やっけん、いわうけん、きてね。二十三日だったばってん、あしたにのばしたと」と小さく言って、またねんをおすように、「きてね」といわれました。

夢かとばかり、あまりのうれしさに思ったほどです。話もあまりしていなかったのに、千晶さんのたんじょう日によばれるなんて、ねがってもないことでした。

雨があまりふっていたので、いかれないようにならないだろうか、と心配になりました。

台風のようにふきまくり、雨はたたきつけています。木がおれるかと思われるほど、風はふきまくります。みんなで、一組、二組、三組、みんなあわせて、二十名ぐらいあつまるそうです。

二月二十八日　日曜日　晴

九時半から、千晶さんの家へ向かいました。まだ、だれも集まっていなかったので、ひとりではいって行くのはなんだかはずかしかったので、中学校の前まで、社宅の人をむかえに行きましたが、来ておられなかったので、もどってくると、役場の方から千晶さんが走ってこられました。

千晶さんの家へいくと、おばあさんが、「千《ちい》ちゃん、くみさんをよんできなさい」といわれたので、二人でくみさんをよんできて、千晶さんの家で遊んでいるところへ、社宅の人がこられました。

おばあさんが、「さあ、ごはんですよ」としらせてくださいました。だれも食卓につかれません。すると、おばあさんが、「千ちゃん、あなたがさきについてたべてみせなさい」といわれると、千晶さんはくすくす笑って、食卓について食べはじめられました。

ごちそうは、たまご、みかん、ようかん、りんご、かまぼこ、おしるこ、すし、いわれません。つぎからつぎにでてきて、一時間かかり、食事はおわりました。こんなにたのしいことはないでしょう。夢を見ているような気がしました。

部屋は、便所も風呂《ふろ》も、すいじ場も、かてて（それにくわえて）みんなで十部屋。おにんぎょうは八つ。おひなさまがうつくしくかざってありました。

二時間ばかり、おはじきをしたりして遊びました。おばさんから写真をうつしてもらいました。おばさんは、はなの高い、目のパッチリした、うつくしい人です。たたみも、ろうかも、ぴかぴかしていました。

「こんどの千ちゃんのたんじょう日にも来てくださいね。わすれないように、名を書いときましょう」といって、名を書かれました。

千晶さんの机には、人形がかざってあり、庭には、花が咲きみだれ、うつくしい庭と家。

五時二十分に千晶さんの家を出ました。

（作文）「たんじょう日」

お友だちのたんじょう日。千晶さんの家まで来たが、「ごめんください」という勇気がなくなり、そこらへんを行ったり来たりして、うろうろしていました。玄関には、白い大きな電灯がぶらさがってあり、家を花がとりかこんでいて、花畑のふちには、くすりびんをさかさまにうえて、とりかこんであります。一つ一つの花のふちには、小さなくすりびんでかこんであります。窓ガラスも、一つもくもっていません。せきばらいをしてみたりして、家のまわりをあちこち行ったり来たりしても、家からはなんの音も聞こえません。

多賀病院の一人娘。多賀千晶。目はくりくりして、色白く、はな高く、かみの毛はまっくろ、女神のように心はすんでいて、全校の人気を集めておられます。ほんとうにおとなしくて、めったに話をされず、ものも小さい声でいわれ、だれでも千晶さんと一こと話をしてみたいと思っているのです。

話もろくにしていなかったのに、急に「たんじょう日祝いするからきてね」といわれたのに、心があまりのうれしさに、ごめんください、という声が出なかったのです。（千晶さんのたんじょう日、二月二十三日）

三月四日　木曜日　雨

先生が、「三時間めと四時間めに、百五ページから百八ページまでのテストをしとけ。四時間めがおわったら、かえりよい（用意）をして、反省会をして、そうじをしてかえりなさい」

といって、私をみてわらって行かれました。

テスト用紙にかくのでした。テスト一も、テスト二も、ふくしゅう一も、この三つはやさしかったけど、ふくしゅう二はむずかしいのなんのって、私にはできませんでした。いくらまちがっていたとしても、かいてしまった人でなければ、かえられません。私はめちゃくちゃにまちがっていたかもしれませんが、だしました。

児玉《こだま》さんなどは、くみさんの出されたのをみてかかれました。

まちがっているでしょうが、私は自分の力でやりました。人のをみて、いくら早くかえっても、いまからさきがこまります。

私は、まちがったら二十四時までのこすといくらいわれても、自分の力でやりとげてかえります。かえられなくても。自分の力で。

三月六日　土曜日　雨のち曇

石田《いしだ》英《ひで》きさんのお金が、きのう四十円を、だれからかとられました。

先生が、「だれか英きのお金をとっていないか」と、きつく聞かれました。

みんな、「しりません」といわれました。

「では、科学の力をつかうか。とっているものがあつかうと、手がこげるのだ」と先生がニヤニヤわらいながら言われました。私は、先生がわらっておられたので、うそと思って、「はーい、いいです、先生。もってこんですか」と言いました。みんなうれしそうに、手をパチパチたたかれたので、きこえなかったのでしょう。「うそと思っているな。よしもってくる」と、プンとしたようにして、教室を出ていかれました。わるかったと思いました。

もってきてから、「一度ためしてみます」といって、用紙に百円をぬって、くすりをたらすとくろいものがながれました。五分ばかりして、くろいところをさわると、焼けてやぶれました。私はとっていなかったので、すこしもこわくありません。つけられませんでした。みつかりません。お金は。

一時間めがはじまりかけているとき、先生があかるい笑顔で、「はい、安本さん、日記帳のプレゼント」といってくださいました。うれしさで、なにもいえないくらいでした。ただ、「ありがとうございました」とこたえただけでした。

「安本さんは、一日もきらさず日記をかいておられます。先生も感心しました」とほめてくださいました。百五十円という、りっぱな帳面です。文ではあらわせません。こんなにあたらしい帳面を、見るのも初めてです。うれしさで、胸がおどりまくっています。わくわくする胸をおさえて帰りました。

三月八日　月曜日　晴

お金をやった人だけ、学級写真をくださいました。私もやっていたので、もらいました。ほかのには少しも目をくれず、私をさがしました。こい（これ）が自分の顔かと思うほどがっかりしました。前髪は目の上まできているし、横髪はぼうぼうはえて、顔を四角にしていました。セーターのむねのやぶれが、はっきりうつされていました。目玉だけがらんらんと光って、ゆうれいもかなわないように、みにくくうつっているのでした。もう、うつるのはいやです。私の一番にがてなのは、写真うつり。先生はどんなに思われたでしょうか。このゆうれいもかなわないようにうつっている私を。はずかしくて、はずかしくて、たまりません。写真にうつる時も、いやでたまらなかったのでした。

三月十二日　金曜日　晴

学校がひけてから、四人でドッジボールをしました。少しして気がついてみると、児玉さんがおりません。たしかに、いままでいっしょにしていたのです。

「大町さん、大森さん、児玉さんがおらっさんよ（いないよ）」といって、かばんをからい（せおい）、いそいで校門を出て、ふりかえってみると、児玉さんはおりました。水のみに行っていたのです。

児玉さんが、かばんをからいながら、走ってきたので、まがりかどの木のうしろに、三人でかくれていると、児玉さんは、通りすぎて行かれました。そして、そのままふりかえりもせず、山の方にむかっていました。

「火の神さん」のところまでくると、先に行ったはずの児玉さんが、うしろから、ずんずん歩いてこられました。児玉さんのようすが、おこっているようなので、

「児玉さん、はらかい（腹を立て）とると」と大森さんがきくと、児玉さんは、きゅうに泣きながら、「あんたたち、かくれとったやんね、うち、しっとったとやん」といって、そのまま大までで、私たちの前をすぎて行かれました。

「いやア、ばってん、ごめん、あやまるよ」と、また大森さんがいいましたが、児玉さんは、しらない顔をして、さっさと歩いて、だんだん、小さくなって行かれました。

三月十五日　月曜日　晴

朝おきたときから、どうも頭がいたくて、目まいがしてなりませんでした。頭のいたさ

は、ずきんずきんとして、からだも重いのです。おばさんにいうと、心配されるので、がまんして、学校へ行きましたが、学校でも、いたさは、きえませんでした。

学校から帰ってからも、なるべくがまんしていましたが、あんまり、ずきんずきんしてたまらないので、よこになっていると、おばさんが、

「末ちゃん、どこかわるかとね。頭いたかと」と、少し心配したような声できかれたので、「はい」と、へんじをすると、

「そがんしてねると、かぜひくよ。ふとんしいてねらんね。このくすりばのんで」と、頭のくすりをわたしながら、少し、おこったような声でいって、でて行かれました。

くすりを半分のんで、とこにはいり、三時のなる時計の音を聞いて、ねむりました。

二時間ほどねむって目がさめると、頭のいたさはなおり、気分もだいぶよくなっていました。けれど、からだの重さは、きえませんでした。からだの重さというのは、ふろでよったときのように、だらりとして、力のでないことです。

三月十七日　水曜日　晴

わかれ遠足の日です。ごぜん十時、晴気《はりぎ》の海岸めざして、しゅっぱつしました。日本晴。

春のそよ風が、そよそよとふいています。

一年生から四年生まで、いっしょです。

私は、中竹《なかたけ》さんと手をつないで行きました。千晶《ちあき》さんは、女子用のせびろをき、皮ぐつをはいて、少しおしゃれをして、ぴしゃりしてきておられました。

なの花がさきみだれている畑の道を、うきうきした気持で通りぬけて、野原につきました。あたり一面、かれ野原。ところどころから、あおい草が、めをだしていました。

海からふいてくる、すがすがしい風が、ほおをなで、かみの毛をゆすぶって、通りぬけていきます。少し休んで、また歩きだしました。やがて、目ざす海べにつきました。

水は青くすみきり、ぴちゃぴちゃと、ゆっくりしずかに、岩に波が、うちよせていました。おにごっこしているように、あとから、あとからおしよせては、白いしぶきをたてました。海だけあって、少し風がつよく、さむがらせせました。

すぐ、べんとうになりました。それから、ごむとびなどをしてあそびました。

先生たちは、ボートにのって、近くの小島へ、こいで行ったりしておられました。

二時間ほどあそんで、帰ることになりました。帰りがけ、私は、少しぐわいがわるかったので、むっつりしていました。

学校についたのは三時、なんとなく、たのしくなかったような気がして、自分のからだのよわいのが、いやになりました。

2　兄さんからの手紙

三月十八日　木曜日　晴

学校の帰りがけ、

「末ちゃん、うちがたこんかい（うちへこない？）。みかんやるけん」と、井上美佐子《いのうえみさこ》さんが、「マイト小屋」のところで、私にいわれました。

「うん、いつ、きょう」

「うん、いまおいで、やるけんね」

「うん」といって、そこから、鶴牧《つるまき》の方へついて行きました。

美佐子さんの家は、大きな家です。にわのはずれに、夏みかんの木が二本うえてあり、おいしそうな夏みかんが、たくさんなっていました。にわの外でまちながら、美佐子さんのすることをながめていました。

（どうするか見ていると、）美佐子さんはかばんを家にいれてから、みかんの木によじのぼり、えだをぶらんぶらんゆすぶってから、一つのみかんに手をやって、くりくりまわして、とれると地面におとして、その木からおりて、となりの木にのぼって、そこでまた一つとって、にこにこしながら、私の方へかけてきて、「ほら」といって、みかんを二つだしてくださいました。

「ごめんね。ありがとう。さようなら」といってわかれました。帰りながらも、うれしくてたまりませんでした。

三月二十三日　火曜日　晴

春のにおいを、そよ風がのせて、きょうは、そつぎょうしきの日でした。

「安本高一」という先生の声に、前を見ると、六年生のれつの方から、にあんちゃんが、でてこられました。にあんちゃんは、とくべつに「どりょく賞」をもらわれるのです。

でてきたにあんちゃんを見ると、やぶれたようふくです。みんなきれいなようふくをきているのに、ふせふせ（つぎはぎ）した上下です。ただ、ほかの人とおなじところは、かみの毛をつんでいるということだけです。

にあんちゃんは、校長先生の前にすすんで行きました。校長先生は、「どりょく賞」のもんくを、読みはじめられました。

いま、にあんちゃんは、どんな気持がしているでしょうか。村長さんや大鶴《おおづる》の所長さんたちが見ている前に、上も下も、ふせ（つぎ）あてだらけのようふくをきて立って、どんな思いがしているでしょうか。私は、かなしい気持でいっぱいでした。

私は、勉強もできませんし、こじきのようなかっこうもしていますから、もしもにあんちゃんがいなかったら、いや、いたとしても、にあんちゃんが勉強ができなかったら、この一年も、だれからでも、いじめられたり、にくまれたりして、すごしてきたことでしょう。

けれども、にあんちゃんが、勉強ができるおかげで、私は、だれからも、ばかにされたり、いじめられたりしたことは、いっぺんもなく、いま、ゆっくりと、四年生をそつぎょうできるのです。

にあんちゃんは、びんぼうにもくじけず、勉強にはげみ、同級生には、ぜったいまけない頭をもっておられます。

お金があろうと、なかろうと、一日も学校は休まず、家に帰ってからも、二、三時間はかならず、たとえ十時がすぎようと、よ習ふくしゅうをしてねられ、しけんは、たいてい百てんばかりで、八十二てんがさいていというような、りっぱなせいせきを、持って帰ってくるのです。

私は、にあんちゃんのすがたを見ているうちに、なみだで目がかすんで、なにを見る元気もなくなり、となりの人に、もたれるようにしておりました。

三月二十四日　水曜日　曇

五年生の組分けです。

こんどは、なん組になるだろうかと、思いながら、みんなといっしょにならんでいました。

先生のかんだかい声が、ひびきました。

「五年一組、多賀千晶、安本末子、――」

それからも、ずっと人の名をよんでいかれました。

私は、千晶さんとおなじ組になれたので、ほっとしました。

井上美佐子さんも、私とおなじ組になりました。井上美佐子さんは、このまえ、私といちばんおなじ組になりたいと、私の名を書いた人です。

「よかったア、うち、安本さんといっしょの組になったとで、うれしか」と、うしろでいわれました。

だが、一組に、もうひとり、井上美佐子という人がいたのです。そこで、じゃんけんでまけた方が、二組に行くことになり、じゃんけんしたけっか、井上美佐子さんが、まけられました。「いや」とはいわれましたが、しかたがありません。

井上美佐子さんは、いやいやしい、つらそうな顔で、私をふりかえり、二組のれつの方へ行かれました。じっと下ばかり見つめておられました。

なんにもいえません。

三月二十七日　土曜日　晴

兄さんから、私にてがみがきました。びんせんに七まいもかいてあり、その文は、私を作文に力づけ、そして泣かせました。つぎの文が兄さんからきたものです。

「末子さん、久しぶりにあなたあてにペンをとりました。この間帰ったとき、よませていただいたあなたの日記と作文について、何かかいてみたいと思います。それはそうと、末子さんは、こんどは、五年二組ではないですか。そして、多賀さんと井上くみさんは、一組に、かわりはしませんでしたか。もちろん、はっきりそうだろうというのではありません。けれど、あたっていたらふしぎに思うでしょう。

末子さん。兄さんは、あなたの作文をよんで、すっかりかんげきしてしまいました。あなたの作文のうまさに感心しました。そして、心のそこから、かなしくなってしまいました。末子さん、兄さんは、あなたの文を作る力は、たいへんしんぽしたと思います。一年ちょっと前、日記をつけはじめたころのものとくらべると、よくわかります。あのころのあなたは、あったことばかりかいていたので、兄さんが、そのときのけしきや考えたこともかくようにせねばとちゅういすると、何のかんけいもないところへ、『そのとき、つめたい風がふいてきて、ぞーっとしました』とかいたものです。そして、兄さんから、『ゆうれいではあるまいし、昼の日なかにあそびながらぞーっとすることはあるまい』とこっぴどく、くさされたものでしたね。

それにくらべると、あなたの日記（八月十三日）のかきだしは、ずいぶんうまいと思います。『ふと私が、やきばの方を見てみると、くれかかった空に、一すじのけむりが立ちのぼっていました』と。やきばと、くれかかった空とが、なんてつりあったけしきであることでしょう。これが、もし『くれかかった空』をかきおとしていたらどうでしょう。読む人は、晴れた明るい空をそうぞうするかもしれませんし、いい文だな、とはかんじないでしょう。

もちろん、あなたは、そんなことはなんにも思わず、ただ空がくもっていたから、そのとおりにかいたのでしょう。しかし、兄さんは、知らぬながらもそれだけ書けたということで、あなたの文が上手になったと考えるのです。

また、兄さんは、末子さんの日記の、お友だちからみかんをもらった日（三月十八日）の文章を思いだします。いなかの小学四年生の、それも優良賞ももらえないような、おぼえない（頭のよくない）少女のかいた文章をひきあいにだすのは、ほかの人がきいたら、『自分の妹だからよけいによくみえるのだ』と笑われそうで、はばかる思いです。けれど兄さんは、じつは、あそこを三度よみ返しました。はじめの会話から、そのお友だちの家に行き、『どうするか見ていると……』から先は上手です。家の中にかばんをほうりこんで、みかんの木にのぼって、ちぎってくれるというところをよみながら、兄さんも、小学校時代、そのような経験をしたことがあったような気がおこり、なつかしくさえなりました。

あの中で、みかんをわたすときのお友だちのうれしそうな顔やようすなどを、もっとかいていたら、みかんでもやらねばいられないほどすきになったお友だちの心の中まで見えるようになっただろうと思います。しかし、一番終わりのところは、よかったと思います。どれだけうれしかったか、と書くより、『うれしくて、うれしくてたまりませんでした』とかけば、よんだ人が、どれだけよろこんだかを、そうぞうするでしょう。

それから、兄さんでもこうはかききらないと思ったのは、『たんじょう日』(二月二十八日)という作文です。かきだしが『お友だちのたんじょう日』、こうかかれれば、よけい先をよみたくなります。お友だちのたんじょう日によばれて、その家のようすや、家の前までいって、『ごめんください』ということができずにいる自分のことなどを一わたりかいてから、『多賀病院の一人娘。多賀千晶』と、その主人公のことをかきだしたところなど、四年生の文章とは思えないほどです。それだけで、どういう少女であるかわかるほどです。かわいらしくて、全校の人気をあつめているとだけかけば、金持ちの一人娘がいばりちらかして人気を集めているという小説などを思いだしますけど、

『ほんとうにおとなしくて、ものも小さい声でいわれ、だれでも千晶さんと一こと話をしてみたいと思っているのです』というところを読めば、もしかりに、千晶さんのお母さんが、末子さんのその作文をよむことがあれば、ほかの人たちより、末子さんを、たんじょう日によんだことをよろこびなおすのではないかと、兄さんは、一人で空想しました。

『多賀病院の一人娘。多賀千晶』と『さん』をつけずにいいきった、大人のかいたよ

うな文章をよみながら、兄さんは末子さんの、きょ年の秋の遠足のつづり方のことを思いだしました。あのときの作文では、遠足の朝のうきうきしたような、いらだたしいような気持をうまくかきあらわしていたので、ほかの先生たちから、『一人でかいたのではない』といわれたそうでしたね。作文『たんじょう日』も、もちろん末子さんの通知表の『作る』のせいせきは、『ややおとる』で、ほかの友だちより、『ゆうしゅう』な方ではなく、『なんだ、そんな作文ぐらい、かんしんするほどのことではないではないか』という人もおるでしょう。けれど、なかにはまた『一人でかいたのじゃなかろう』とあやしむ人もいないとはかぎらないと思います。兄さんさえ、四年生にしてはうますぎると思ったほどですから。

しかし、末子さん自身の作文力が上達したのであって、誰の力もかりていないことは、すぐわかります。にあんちゃんは、にあんちゃんの日記文をよめばすぐわかります。が、末子さんの文章とは、ぜんぜんちがいます。『末ちゃんは、ぼくよりうまい』とかんしんしています。

宮崎さんは、二人とも作文なんかに興味をもたず、末子さんの作った文章は、よんだこともないでしょう。兄さんは、ずっとこちらにいたし、またかりに、そちらにおったにしても、末子さんの作文の実力のつくことを、何よりねがっている兄さんが、さんすうの、しきもとき方もおしえずに答だけかいてやるような、そんなことをするわけがありません。誰がなんといおうと、末子さん一人で、自分の考えだけでかいたものにちがいありませんが、そのなかに、末子さんの作文の上達することを一心にねがい、つづけて日記をつけることを激励《げきれい》した兄さんの心がまじっていることも、うそではないと思います。

ざっしに入選作文などがのっていると、かならずのように、この作文は、どこがよくて入選したか、なぜ、こんなにおもしろくかんじるか、とひひょうしてきかせたものでしたね。また、かさくのもので、どこをかきたせば、もっとよくなったか、とせつめいしてあげたこともありましたね。雨のふる日など、ねどこの中で、おもしろくてためになる童話の本を人からかりてきて、頭の中へいれるように、わかりやすく、ちょうしをつけてよんできかせたこともありましたが、少しはためになっているのでしょうか。よいと思った文章を、帳面にかきうつさせて、文を作るコツをおぼえさせようとした兄さんの熱心な気持がわかってもらえますか。

人がなんといおうとも、本人のさいのうが一番の力であることはいうまでもありませんが、さいのうのないものでも、どりょくしだいで、何事《なにごと》によらず、そうとうに上達するのです。さいのうがあれば、なお、よいことはむろんです。そして、兄さんは、末子さんには文才があると思います。自分の考えていることや、感じたことを、文にかきあらわすさいのうがあると思います。ものごとをはっきり見る目を持った人だと、さっすることができます。

お母さんに三歳のとき、お父さんに八歳のとき死にわかれた、親のえんのうすい、かわいそうな末子さんですが、お父さんとお母さんの持っていた『ゆたかなじょうそう』——かわいそうに思う心が多いとか、兄弟愛がつよいとか、美しいと感じる心——を、りっぱにうけついでいると信じるのです。そして、それを考えれば考えるほど、兄さんは悲しくてたまらないのです。いまさら、親の愛をしらない末子さんがいじらしいというのではありません。びんぼうのために、ひもじい目にあわせたり、きもののことなどではずかしい思いをさせるのが、悲しいというのでもないのです。そんなことは、かえって、そのために末子さんの人情がふかくなるだろうから、まあ、よいと思っていますけど、同じびんぼうのためですけれど、末子さんに、本という本を、一冊《さつ》もかってやったことがないのが悲しいのです。

どんなにためになるよい本でも、また、いくら安い本でも、かってやれないのがさみしいのです。それよりも何よりも、小学四年までで、学校をやめさせねばならなくなるかもしれないという境遇を考えると、兄さんは、泣きだしたいほど悲しいのです。

てしまうのです。

〈せっかくの才能をのばしてやれないのか〉と思うと、たまらなくさびしい心になっ

うちの立場をよく知っている末子さんから、

『学校やめとなか。行かせて、あんちゃん』といわれたときには、さすがの兄さんも、おもわずぐっとこみあげそうになりました。

末子さん、先のことはわかりませんけど、いまの兄さんは、できるだけのことはして、末子さんを学校に行かせようと考えております。ひょっとすると入野校には行けないかもしれません。しかし、それは、はっきりしたことではないのですから、あまり気にせずにいてください。また、どこの学校に行こうと、しっかり勉強さえすればよいのです。

つい、くどくどと長くなってしまいましたね。このへんでやめようと思いますが、一つだけ、作文を書いてください。だいは『滝本先生』。一年間おせわになった自分の先生のこと、くせなどから、えらいと思ったこと、やさしくされたこと、忘れられない思い出や人のひょうばんなど、思いだすままにかきつづってごらんなさい。長い文章をかく練習もしなければなりません。

一日でかけなかったら、頭を休めて、二、三日かかってでも、長いやつを作りなさ

い。誰かほかの人の作ったものを一度見ると、かきやすいのですが、誰かの、ざっしにのってはいないでしょうか。兄さんは、上手にかくのだけをのぞんでいるのではありませんから、ゆったりとした気持になってかいてください。そのうちに、へたにかけといっても、おもしろくしか書けないようになるでしょう。

では、このへんでさようならにしましょう。かけたら返事をくださいね。

末子さんへ（三月二十五日）」

こうかいてありました。かなしくて何もいえません。

(作文)「滝本先生」

一年間おせわになった先生。先生のきげんのよい時は、かんねさんの話をしてやったり、「メーシャラッパコシャラッホー」と、おどけた口調で言ったりして、私たちをよろこばせたり、楽しませたりしてくださいました。

先生は一度おしえたものをわすれていた時など、また、わすれていない時でも、復習して、わかりやすく、頭の中にいれてくださいました。

でも、私は、先生がきらいでたまらない時があるのです。それは二学期のことでした。朝会

一学期の時は、私たち大鶴《おおづる》一区が学習部であったので、委員長の人と、自習をさせ、朝会の時など、週番の人から、四年三組が、自習が一番よい、とほめられ、わるいといわれたことは一度もなかったのです。二学期になり、学習部も委員長もかわると、急にクラスはわるくなりました。

朝会の時、週番から、自習がわるいと発表されると、先生は、その日はきげんがわるく、むっつりして、授業もおしえられないのです。

みんなが、こわがって、だまって、かしこまっていると、先生といったら、オオカミのような声で、

「ぼさっとしてなんしよっとか、なんかせれ」と、おらば（さけば）れるので、みんなが本などを出すとき、机のふたがばたばたやかましくなると、「やかましかっ」とおらばれるので、みんなしいーんとだまって、気のむいたものをしています。

人のはなをすする音がきこえると「はなをふけっ」といって、みんなが教室を出ていくと、「どこいきよっか」と、むりなことばかり言われるのです。自分でふけといっていて。

「四ノ三は自習がわるい」と発表されると、私はすぐ、「また始まるばいね」と思います。

先生のおごる時の顔といったら、顔をまっかにさせ、目を大きくみひらき、口をあんぐ

りとあけ、横にひきさくようにして、くちびるをよごまかして（ゆがませて）、人間とは思えない、おそろしい顔になられるのです。

でも、発表されても、しかられない時もあります。しからない、いや授業をおしえられる時は、委員の人や、学習部の人をしかられます。

私は、先生のはらかくのはとうぜんだが、勉強をおしえないとは、なんということでしょう。私たちは勉強をおそわりに、三キロ半かの道を通ってきたのに、授業をされないなんて、一字もしないで、かかないで帰ってくるなら、なんのため、往復七キロの道をあるくか。私たちのことを考えずに授業することは、しないでください。

私は、二学期中は、いつも、こう先生に言ってみようかね、と思っていたのです。でも、言いきらずに、四年をすごしてきました。

一学期の時、「あんたたちの先生だれ」ときかれた時、「滝本先生」というと、「いやらしか、滝本先生ね。あんた、滝本先生、女すけべよ。女でもね、社宅の人や、金持ちの人ばっかりひいきさすよ。そいけん（それだから）よ、あんたは、びんぼうやろが、そいけん、あんた、しっかり勉強せんばきらわれるよ」と、Mさんがいわれました。

私は、金持ちの人をひいきするなんて、いやです。私は、社宅の人が大きらいです。自分の家が金持ちだからといって、先生のそばばかりひっついていて、あまったれて……。

私は、滝本先生がひいきされるときいて、きいた日から、滝本先生がきらいになりました。人のうわさも滝本先生はひいきさすからいや、といっておられました。

なるほど、先生は、道山《みちやま》さんや、福島《ふくしま》さんたちを、びんぼうの人をのけて、すこしかわいがられました。おにごっこをするときも、金持ちの人ばかりうたれ、金持ちの人とだけしているようなものです。金持ちの人が先生の足をふむと、「あらっ」というだけですが、びんぼうの人が足をふむと、女も男もおごりまくられました。

この時から、滝本先生の心がわかりました。私は、先生が、金持ちの人をしかられていたのをみたことがありません。遠足に行く時でも、道山さんと、福島さんを両はしにつかまらせていかれました。多賀千晶さんを、先生は一番すかれているのですが、千晶さんははずかしがって、先生のそばへちかよられません。福島さんたちは、ちかよろう、ちかよろうとかまえておられるのです。先生は先生で、道山さんたちをちかよらせよう、ちかよらせようとかまえておられるのです。

私がもし先生になったら、びんぼうの人も、金持ちの人も、おなじ人間なのですから、いちようにかわいがります。

冬のとてもさむかった日、先生はオーバーをきてきて、マフラもして、きょうだんのうえに立って、

「先生は、すこしかぜをひいとっけん、オーバーきて、おしえさせてくれね。エヘッ」と言い、ヘヘッとわらって、のどをとんとんとたたきながら、

「そんかわり、マフラしてきとるもんは、マフラしてもよかけんね。ゴホン、ゴホン」と、わざとせきをされました。

とってもいい天気の日など、のぼせて、

「ほんによか天気じゃなかかんた。一ちょ、日なたぼっこば、しようじゃなかかんた」といわれたりして、みんなをわらわせたりされました。

先生は、先生からいわれましたが、先生の顔つきではなくて、先生になるしかくはないと言われました。そう言われれば、先生は、いなかの青年の顔つきです。先生は、私たちに試験をさせて、なにか本をよみながら、スパースパー、たばこをのんでおられます。先生の両親のいるところは新木場《にいこば》です。で、先生はいま、入野西《いりのにし》に家をかりて、そこに、ひとりで住んでおられるのです。

先生はときどき、教室に弁当を二つ持ってきて、

「先生はすこし今日朝ねぼうしたけんが、一つ弁当ばたべるけん、すまんばってん、自習してくんろね」といって、弁当をムシャムシャと私たちの前でたべられるのです。〈この先生のほかにこんな人がいるだろうか〉と思いました。先生は、食べる時、ひじついて、

体を左のほうにまげて、大きな口をあけて、口いっぱいにつめて食べられるのです。ぎょうぎのわるい食べ方です。家ででも、こんなにしてたべるのだろうか、と思いました。

先生から好かれるのはいいけど、生徒から、ひいきされて、というふうににくまれるのです。こういうようなてんで、滝本先生はあまりすきではありませんでした。（四月十日）

三月三十一日　水曜日　晴
きのう兄さんが帰ってこられました。

「何の用もなかったが、むこうにおるのがいやだ」といわれました。なぜだかしりません。左手の中ゆびと、人さし指は、まがらず、きれめが、ちょうど、きれた指をはりつけているようになっていました。ほうたいは、はずしてありました。

兄さんとにあんちゃんは、今日、どこかで土地をかしてくれるところはないかと、入野のほうにむかってさがしにいかれました。〈あるなら、よかばってん〉と思いながら、帰りをまっていましたが、かえってきたときの顔では、なかったようです。行くときにも、「なかやろ〈ないだろうな〉」といいながら行かれたのです。

私たちも、もう、この家におられなくなりました。けさも、ごはん一ぱいといもと、昼もいも、夕方がそうめんというふうになってしまったのです。私は一つもいやではありません。だが、おばさんたちは、私たちがいない方がいいようです。たとえ、「おってください」といわれても、私たちは、きのどくでおりきれません。兄さんは帰ってきたものの、家がこんなになっているので、兄さんの同級生であった原田《はらだ》光男《みつお》さんのいえにとめてもらおうといっておられました。二十一歳――兄さんのように苦労する青年はいないと思います。

3　五年生になる

四月一日　木曜日　晴

校門をはいると、さくらの花が、きれいにさいていました。もう春なのです。明るくたのしい春をむかえて、一学年あがって、みんなの顔は、よろこびにかがやいているように見えます。私も、もし、ずっと学校にでられるなら、こんどこそ、うんとがんばろうと思っています。

本校をやめられる先生の発表がありました。そのほかは、何もありませんでした。わかれて行かれる先生は、もと、五ノ三の布上《ぬのがみ》先生。五ノ二の江川《えがわ》先生。こうばい部の藤原《ふじわら》先生。二ノ一の松尾《まつお》先生。四ノ一の阿部《あべ》先生。一ノ二の森田《もりた》先生。この六人の先生方です。新しくこられる先生方は、まだわかっていません。

私は、森田先生と阿部先生のやめられるのが、かなしくてなりません。

阿部先生からは、ならっていませんが、私には、なんとなくやさしくしてくださいました。森田先生からは、一年生の時ならいました。

一年生の時、私は、いまよりも、もっとからだもよわく、勉強もできないぼんくらでしたが、森田先生は、やさしく、しんせつにおしえてくださいました。森田先生が、入野で一番すきでした。

森田先生は、こんどで先生をやめて、東京へ行かれるのだといわれました。かなしいような、さびしいような気で、むねがつまりました。

「森田先生、森田先生」といいながら、さくらのさきみだれている学校をあとに、大鶴にむかって、歩きだしました。

四月二日　金曜日　晴

きょうは、町内のよしえちゃんの家に、遊びに行きました。

よしえちゃんとこは、半年前ごろ大町《おおまち》からひっこしてこられた、九きゅうのでんちくや、タンスが三台もあるお金持ちです。

家ぞくは、おじさんとおばさんと、めくらのおばあさんと、中学三年の末男《すえお》さん、五つのよしえちゃん、三つのよし子ちゃんの六人家ぞくです。ままごとどうぐも、人形もたくさんあります。それで、お人形さんごっこをしてあそびました。

そのうち、二時になったので、

「よしえちゃん、さようなら」といって、立ちあがると、

「いやん、ねえちゃんが、かえるてえ」と、おばさんにいいつけながら泣きだしました。

「よかたい、末子さんな家がいそがしかけん、また、あしたあそんでやるてたい」と、おばさんがなだめても、どうしても、

「いやーん、いやーん」と、いって、泣きやみません。それで、しかたなく、私が、

「そいぎ、よっちゃん、もういっぺんあそぼうね」というと、

「いや、ねえちゃん、あがらんば」といわれたので、また、へやにあがりました。

けれど、もう、どうしても家に帰らなければいけない時間なので、よしえちゃんが、向うをむかれた時、いそいで、とびおりて帰ろうとすると、よしえちゃんまで、たびはだしのまま、じべたにとびおりてしまいました。

「いくらいってもきかん」といって、おばさんのたたく音と、よしえちゃんの泣く声が、戸口を出てから、私の耳にはいってきました。とても、さびしい気持になりましたが、でも、よしえちゃんが、それほどまで、私をすいているのかと思うと、うれしいような気持もしながら、家に帰りました。

四月三日　土曜日　晴
加代《かよ》ちゃんと、国《くに》ちゃんと、私の三人で、菖津《しょうづ》の先に、かいほりに行きました。佐代《さよ》ちゃんも行きたがったので、つれて行きました。三歳です。

「ほかの人も、だいか（だれか）きとらすやろか」

「さあ、きょうは、ちょっとさむかけん、きとらっさんかもわからんね」とか、いっているうちに、菖津の先の海べにつきました。

大しおなので、しおはよくひいていましたが、風がつよくて、かみの毛は、うしろにふきつけられ、スカートなどは、パタパタと音をたててゆれました。ごおーっと、波は岩にたたきつけ、とばし（しぶき）があたり一面にとびちりました。北東の風です。ピューピューと、つめたい風でほおをたたかれ、いたいというほどでした。

大きい石にも小さい石にも、白いかきのからが、いっぱいくっついています。

右手にかすがいを持ち、左手で石やすなをかきわけてさがすのです。あさりがいです。はがでる時は、二つ三ついっぺんにでますが、でない時は、いくらほってもでません。はがゆくなったほどでした。こしがいたくなると、ちょっと立っていて、なおるとまたすわって、ほりだします。大きいかいがでた時は、三人で見せあったりしながら、ほっていきました。そのうち、佐代ちゃんが、

「さむい」といって泣きだしました。かいはまだ半分もありません。それで私は、大いそぎで、になをとりはじめました。大きな石をはぐると、石のうらに、にながついてでます。でも、それもあまりとらないうちに、

「さむい、さむい」と、佐代ちゃんが、泣きじゃくるので、三人とも帰ってきました。

「ほう、とったたいね」と、ざるの中を見て、おばさんがいってくださいました。

四月四日　日曜日　晴

きのう、にあんちゃんと芳《よし》ちゃんが、どこかのたんぼから、小さなふなを十ぴきばかりとってきていました。ばけつにいっぱい水をくんで、その中にいれてありましたが、さんざんいじりまわされたあとなので、なんだか元気がないようでした。

それが、あさおきてみると、ばけつのふなの中でも、いちばん大きいのが一ぴき死んでいました。私は、このままにしておくのが、かわいそうになりました。

すぐ、私は思うのです。

〈もし、私がそんなふなであって、人間から、いじりまわされたとしたら、どんなにくるしいだろう。どんなにつらいだろう〉と。

ふなだって、つらいはずです。くるしいはずです。

いま、兄さんが志佐《しさ》から帰ってきておられるので、私は、兄さんにこのことをいってみました。すると、兄さんも、

「そうか、そんならはなしてやろう」と、よろこんだような顔をして、いわれました。

ばけつのふなを、せんめんきにうつして、兄さんと私のふたりで、鶴牧《つるまき》の方へ、坂道をのぼって行きました。しばらく行くと、たんぼの間に、六じょうまほどの広さのため池が見つかりました。遠くから見ると、水が少しにごっているようでしたが、おりて行ってみると、そんなににごっていなかったので、そこではなすことにしました。

何十ぴきというほどの、めだかのむれがおよいでいました。風がふくと、水面がさらさらとゆれました。池のふちは、れんげ草でかこまれて、なんとなく、きよらかで美しい池でした。

兄さんが、ふなを一ぴきずつ手のひらにのせると、ふなは小さな口をまアるくあけ、ぴちぴちはねてとびこんで、水中ふかくもぐって行きました。

「元気でくらしなよ」と兄さんが、わらいながらいわれました。

みんなはなしおわると、池のふちにこしをおろして、ふたりで、ながくむごんのまま、しずかな水面を見つめていました。

時々、ふなが、いきおいよくうかびあがってきては、またもぐってしまいました。

〈にがしてくれて、ありがとう〉と、おれいをいいに顔をだしたようでした。

死んだ一ぴきのふなも、いっしょにはなしましたが、もうどうすることもできず、白いはらを見せて、ぽっかりぽっかりうかんでいました。どんなに、つらかったことでしょう。

「さあ、もう帰ろう」と、兄さんがいわれたので、立ちあがりました。

帰りながら、私はなんども池をふりかえって見ました。水は、きれいにすみきっていませんでしたが、でも、れんげの花にかこまれて、あかるい日ざしをあびて、なんと気持のよさそうな池だろうと、心がはればれとしました。

四月六日　火曜日　晴

学校もおわり、千晶さんもかえろうとしておられました。それを呼びとめて、「千晶さん。この前、たんじょう日の時、なんも持ってこんでごめんね。そんかわり、あたいの日記帳ば見せるけんね」というと、千晶さんも、私の日記がみられるので、ただ、にこにこしておられました。

「そのかわり、へたかけん（へただから）、だいにもみせんどいてね」というと、「みせんよ、そして今日もってきたと」ときかれました。

「いんにゃ、明日もってくる」

「うん」といって、入野さんの方に走っていかれました。いつにみられない、うれしいような、楽しいように、とんびとんびして走っていかれたのです。

私も、自分のへたい日記をみせるというのに、よろこんでくださった千晶さんが、いじらしいような、かわいいような気で、うしろ姿を見おくっていました。私も、こんなにうれしかったことは、めったにありませんでした。まだ、今まで二度しかありませんでした。一回は、滝本先生から日記帳をもらった時でした。うれしくてたまりません。

四月八日　木曜日　晴

きのう、おとついに千晶さんにみせた日記帳を、「ありがとう」といってかえしてくださいました。

なんの気なしに、それを机にいれていると、「日記帳を見せてもらったおれいに」と、人目をつかって、大丸《だいまる》のエンピツ一ダースと、はかた（博多）のハンケチ一枚、それと三十円ばかりもするノートブックを一冊くださったのです。

ハンケチは、五十円ぐらいします。さらさらして、花の絵がいっぱいかいてある、においのするような、うつくしい、やわらかなハンカチです。

帳面をわたしながら、「日記帳にして」と、すきとおるような美しいきれいな声で、小さくいわれました。なんと、お礼のことばを言っていいのかわかりません。千晶さんのわたすのをみているだけでした。そしてようやく、

「千晶さん、よかよ、そがん、へたかおかしかとば見せて、はずかしか、千晶さん、よかよ、ありがとう」と言いました。

いいよる時にも、品をおしつけられるのです。うれしさで、いっぱいの心。自分の喜びの心。あまりにもひどくなにもいえません。ただただ、もじもじしていました。何のことばもありません。千晶さん、ありがとう。

四月十一日　日曜日　晴

五日ほどまえに、私たちの町内のよこのあき地に、ぶらんこが二つできました。会社が作ってくれたのです。

二つできたぶらんこは、けんかのもとになるようです。それもそのはず、ぶらんこにのりきる子どもは、私たちの町内だけでも十六人おります。それが、私たちの町内だけではありません。みんながのっていると、やはり上の町内からも、下の町内からも、子供があつまってきます。そうなると、大ぜいなので、なかなかのれるじゅんばんが、まわってきません。ぶらんこは、南がわが女の子、北がわが男の子ときめて、かわりばんこにのるよ

うになっていますが、時間がみじかいので、一どのったら、なかなかおりない子がおります。どんなにいってもおりないので、むりやりに、手をひきはなしておろすと、「うわーん」と泣いて帰って、お母さんをよんできます。そして、「おい（おれ）には、いっちょんのせらっさん（ちっとものせない）」というのです。すると、やはり、お母さんとしては、自分の子どもにのせたいのでしょう。「うちの子には、なし（なぜ）のせんとね」といって、さっきむりやりにおろした子どもをしかります。するとこんどは、その子が泣きながら家に帰って、お母さんにいいつけます。そうすると、だれでも、自分の子どもがかわいいから、その子のお母さんもでてきて、そこで親と親とのけんかになってしまうのです。

　そのけんかが、きょう、おこったのです。

　それで、けんかのもとだから、こわした方がいいという親がおおく、せっかくのぶらんこも、ながくつづきそうにありません。

四月二十日　火曜日　晴

　私が三ぱんのはん長なので、とうばんがおわってから、先生のところに、「そうじすみました」と、ほうこくに行くと、「はい」といわれたので、ひきさがろうとすると、

「安本さんは、おばさんから、お金もらっている」と、ひきとめてきかれました。

私は、「はい」とも「いいえ」とも、いうことができなかったので、だまってうつむいていると、先生は、「そう」と、やさしくうなずいて、

「では、先生があげるから、だまっときなさいね」といって、ワークブックをつくえからだしながら、「図画も持っていなかったね」と、図画の本と、社会、国語、算数のワークブックを、私にくださいました。

「はい」とも「いいえ」ともいえなかったわけは、いままでお金がいる時でも、おばさんに、だまっていたからです。きのどくでいえないのです。

私は、本をうけとりながら、先生のあたたかい愛情に、声がつまってしまいました。

なんのおれいのことばもでず、だまっていた私を、先生はなんと思いになられたでしょうか。

4　人間のうんめい

四月二十三日　金曜日　晴

人間のうんめいとは、わからないものです。お金持ちはお金持ちで一生をおわり、不幸な人は、不幸のまま一生をおくる、その不幸のなかでも、人から、きらわれ、にくまれ、おもらいをしてくらすこじき。

七時はんごろ、ふろに行くと、親子三人づれで、女のこじきがきていました。三人とも色くろく、かみの毛はかたまでのばし、もつれもつれになり、ばさばさしていました。

私が行った時は、ふろからあがって、きものをきているところでした。三人とも、男のきるうわぎの、やぶれやぶれしているのに、ふせても（つくろっても）いない、あらってもいない、くさいようなものをきていました。お母さんの方は、ただ、赤いこしまきと、あぶらのついたこくぼう色のがいとうをきているだけでした。

ふろばにはいってくる人は、この人たちを見ると、たちまち、まゆをしかめられました。

中には、

「あら、これはこれは、りっぱなおきゃくさん」と、大きな声でわらう人もいました。

けれど、三人の人は、なんといわれても、だまったまま、きものをきていました。

そこへ、ひとりのおばさんが、ふろからあがってきたかと思うと、

「ああ、こがんところで、てれてれせんで、外できらんね」と、おいだすように、せきたてられました。すると、中学三年ぐらいに見える、ねえさんの方が、

「そがん、しらみはおらんよ」と、いいました。それは、しらみがうつるから出て行けと、いわれたと思ったからでしょう。

「だい（だれ）が、しらみのおるていうたか。そがん、いうなら、もうこらせんぞ、こんばか」

と、さっきのおばさんは、おこってにらみつけながら、いいました。

それで、ねえさんの方はことばにつまり、だまりこまれましたが、こんどは、お母さんにむかって、

「おかさん、はよ、きれ」と、ぶっきらぼうによびすてられました。お母さんは、

「おうい」としかたなさそうにへんじをして、少しいそがれました。きてしまうと、三人とも、だまって出て行かれました。お母さんの方は、少しふらふらしているように見えま

した。

私は、自分がびんぼうのせいか、このような人を見ると、むねがはりさけそうでなりません。すがたやみなりがきたないばっかりに、なんでもない人たちから、きらわれ、にくまれるのです。おなじ人生でありながら、人からにくまれ、ばかにされて生きるとは、どんなにつらいことでしょう。

こじきになろうというくらいのことですから、いままで、そうとうのくるしみや、かなしみがあったことでしょう。

死んでしまった方がましだ、と思ったことはないでしょうか。きっと、なんどもなんども、あったことでしょう。でも、生きてきたのです。

私は、三人のでて行ったあとを、かなしい心で、じっと見つめていました。

今夜は、どこでねるのでしょうか。なにか食べるものはあるのでしょうか。あしたはあしたで、またどこかで、みんなからにくまれたり、つめたくされたりするのかと思うと、かわいそうでたまりません。

四月二十七日　火曜日　曇

火曜日は、習字があるのです。だけど私は、習字道具を持っていません。このまえの習字の時は、にあんちゃんがそつぎょうしきの時、ほうびにもらった習字ばこを、かりて行きました。けれど、はこをよごしてきて、きのうしかられたので、きょうは、持って行きませんでした。

「習字の用意をしてきていない人は、前に出てきなさい」と、先生が、親指ぐらいのふとさの、長い竹をふりまわしながら、いわれました。持ってきていない人は、みんなで十二人でした。前に出て行くと、先生は、

「かん字六百字書け」といって、竹のぼうで、ひとりにひとつずつ、頭をたたかれました。頭をたたかれるたびに、ポカン、ポカン、といい音がしました。ポカンといい音がでるたびに、つくえの人たちは、くすくすわらって見ておられました。

先生の前に、たたかれに出る時、ほかの人たちは、首をすくめて出ていましたが、私は自分がわるいのだからと思い、まっすぐに立ってでました。

先生は、なんのことか、「よし」といわれ、つぎに、「えいっ」ポカンと竹のぼうをふりおろされました。

私は、先生からお金もだしていただいているのに、これでいいのかと思うと、いたくはなかったのに、かなしくて、目がにじみました。

五月一日　土曜日　晴

春の遠足です。二十七日のよていでしたが、雨のために、きょうまで、のびて、やっと行けるような天気になったのです。

行く所は、仮屋《かりや》の三島神社《みしまじんじゃ》。学校から、八キロはじゅうぶんあるそうです。だれでも、みんなきれいなきものをきてきていました。私は、ふつうのみなりです。

梅崎《うめざき》を通って、寺浦《てらうら》でひと休みしました。

大田橋《おおたばし》でまたひと休みし、少し行くと、いよいよ、トンネルです。

男子は、女子をのけて、先に行こう行こうとかまえています。二、三人がれつをはなれても、先生がなにもいわないので、みんなわれがちに、先に走って行きました。

トンネルが見えると、女子もさわぎだしました。中はまっくらです。出口が、小さくむこうの方に見えています。長さは、やく百メートルあるそうです。

くらいので、女子がこわがると、男子はおもしろがって、ますますさわぎ、トンネルの中は、さわぎでいっぱいになりました。

トンネルの出口、入口は、日あたりがよくないので、道がじめじめして、まだ、よくかわいていませんでした。

三島神社は、島のようになっていて、橋をわたって行くのです。橋のたもとに、大きな石のとりいが立っていて、「三島神社」とほってありました。橋をわたり、島のうらがわにまわって、石のかいだんをあがると、きれいなお宮がたっていました。八時半出発して、二時間半かかりました。

私は、神社についた時には、足がくたくたになり、からだのつかれがいっぺんにでて、ちっとも楽しくありませんでした。べんとうを食べても、つかれはとれず、〈こない方がよかった〉と思いました。

帰りにも、トンネルでさわいだり、行きがけとだいたいおんなじでした。

五月四日　火曜日　晴

このごろは、学校でも、家に帰ってからでも、ごむとびがよくはやっています。

二時間目の休み時間に、いつものように、ごむとびをしていると、犬頭《いぬがしら》の井上すみ子さんが、

「安本さん、きょう、犬頭で子供会があるけん、美濃部《みのべ》さんとふたり、うちがた来てやらん（来てくれないか）」といわれました。

ふたりの中のひとりとして、よばれるのですから、

「うん、行くよ」とすぐ、へんじしました。

学校がひけてから、家の人には、「お友だちの家に行ってくる」というしらせを、毛利《もうり》さんにたのみ、ついでに、かばんも持って帰ってもらいました。

すみ子さんの家は、二かいだての大きな家です。家につくと、すみ子さんのお母さんが、「よう来たね、家のきたなかとで、たまげたろ、さ、あがりんしゃい」といって、やさしくむかえてくださいました。

外から見ると、きたなく見えるところもありましたが、中は、りっぱなおへやばかりです。ふすまなども、いま、かってきたばかりのようにうつくしく、まどガラスなども、くもったところは、ひとつもないようにみがかれていました。

すぐ、食事の用意をされました。ぜんざいです。おかずは、れんこんやかまぼこなどのおにしめです。それを食べてから、近所の子供たちといっしょに、ごむとびをして遊びました。子供会では、おどりがはじまっているそうでしたが、私たちは見に行きませんでした。もう、ごむが見えないから、されないというまで遊んで、家にはいると、

「おふろにはいりなさい」と、しらせてくださいました。かまでです。

「わあ、ごえもんぶろや」と、美濃部さんとふたりで、はしゃいで、ふろからあがると、ごはんのしたくができていました。

私は、一ぱいだけいただきました。なんどもすすめられましたが、さっきのぜんざいが、

まだへっていないので、食べられませんでした。少し休んでから、ねどこにはいりました。ふとんが上下で四まい。重たくてあたたかくて、あせびっしょり、まくらがしめってしまい、なかなか、ねつかれませんでした。

四時半ごろ、美濃部さんとふたりで、帰ろうとしていると、おばさんが、「あら、あした休みやっけん、ゆっくりして行ってよかたい」といって、ひきとめられたので、とまったのです。

五月五日　水曜日　曇のち雨

朝、目がさめると、もう明るくなっていて、となりでは、美濃部さんとすみ子さんが、まだ、ねむっておられました。

「美濃部さん、おきろう」というと、目をあけて「うん」といわれました。

とこをあげて、外に出てみると、空が一面にくもっていました。それが、昼近くになると、ぽつんぽつんと雨がふりはじめ、しまいには本ぶりになって、帰られないようになりました。へやで遊びながら、やむのをまっていましたが、いっこうに、やみそうにないので、どうにもならず、

「すみ子さん、帰るよ」というと、

「よかたい、も一日《いちんち》とまって、あした、うちから学校に行かんね」とおばさんがいわれました。でも、学校道具も持ってきていないし、二日もとまると、家の人が心配されるからというと、それではといって、かさを二本持ってきて、かしてくださいました。

「ありがとうございました」とれいをして、げんかんを出ながら、

「さようなら」といって帰りました。

なんのおれいのいい方も、私はしりません。私も、あのように、人をよびたいものです。

坂の上から、ふりかえってみると、二かいだての大きな、すみ子さんの家が、小さく雨の中にわかりました。会社の家でもなく、あんなにりっぱな家を持っていれば、たいしたものだと思いました。

五月六日　木曜日　晴

学校から帰ってみると、ねえさんから、私あてに手紙がきていました。開いてみると、字も文も、兄さんが書いたものでした。四まいのびんせんのうち、一まいだけが、ねえさんの書いたものでした。

なぜ、兄さんの書いた手紙が、ねえさんからきたかというと、それは、兄さんが志佐《しき》から、ねえさんあてに出した手紙を、ねえさんが、私におくってくださったのです。

では、どうして、ねえさんにきた手紙を、私におくってくださったのかというと、それは、このあいだ、兄さんが大鶴に帰ってこられた時、私の作文帳や日記帳を読んで、それが大へん上手になっていたので、うれしく思ったという手紙なので、ねえさんが、それを私におくって、私を作文に力づけてくださったのです。

兄さんの手紙には、びんせん三まいに、ぎっしり、私の作文のことが書いてあったのです。兄さんは、私の作文帳を三べんも、くりかえして読んで、ちゃんと私の文をおぼえていて、こんなことが書いてあったといって、たいそうほめていました。

私は、それほどまで、私の作文をほめてくださっていることがわかると、ほんとうに、うれしくてたまりませんでした。

けれど、それだけではありませんでした。

おわりの方には、かなしいことが書いてありました。

ほんとうに、兄さんのいうことに、まちがいないような気がして、四人のうろたえているすがたが、ありありとうかんできてなりません。ふしぎな、こわいそうぞうが、頭の中をかけまわって、ふるえてきそうです。

五月七日　金曜日　晴

きのう姉さんからまわってきた手紙文（兄さんから姉さんあてのもの）をうつします。

「吉子《よしこ》さん、このごろはどうしているね。ながくたよりをしなかったけど、元気で働いているだろうね。

このあいだ、大鶴にいってこっちに帰る時、からつを通ったけど、お前の所はよらなかった。五日の日だったけど、高ちゃんがからつの映画をみたいというものだから、宮崎さんの方にはないしょで、二人して、日の出館の『赤いベレー』と『坊ちゃん社員』を見て、高ちゃんは大鶴に、兄さんは志佐に帰ってきた。映画もいい映画だったけど、兄さんは、高ちゃんと二人でみたことで、ずっと楽しかった。兄さんにむかったり、お前とけんかしていたわんぱく小僧だった高ちゃんも、もう中学生とよばれる年ごろになった。ほんとうに子供の大きくなるのをみると、月日のたつのは早いということが、悲しくなるほどよくわかる。末ちゃんも五年生になった。そして兄さんは、そんなことをあれこれと考えだすと、どうしてよいかわからないほどかなしくなってしまう。泣くにも泣けないほどたまらない気持になってしまう。母ちゃんが、『きいちゃん（喜一・兄さん）に勉強させられんのが、死ぬよりつらい。できるこどもを、せっかくあがった中学に行かせられないことを考えると、夜もねむることができず、いっそ死んでしまいたい』となげいていた気持がよくわかる。そのために、心臓病がひどくなって、ほんとうに、そのために死んでしまったと考えると、天をうらむということばだけでは言いたりない。そして、兄さんが、今その気持になっている。

高ちゃんもかしこい。末ちゃんもほんとうによい頭をもっている。勉強させれば、どれだけでものびていく子供たちになった。そして、心もけっしてわるくない。父と母のやさしい心をりっぱにうけついでいる。ほんとうに惜しい。このまま小学だけでやめさせるのは、ダイヤモンドを太平洋のまん中におとすより、なおなお惜しい。

この間、大鶴に帰った時に、末ちゃんの日記と作文をよませてもらったけど、その文章のうまさに感心してしまった。作文の成績『ゆうしゅう』の高ちゃんもかなわないだろうと思った。もちろん四年生の作文だから、かきたりない所や、へたなかき方をしたところなど、かなりあるけど、上手なところは、兄さんでも、こうはかききらないだろうと思うほどだった。その晩、いっしょにふとんでねながら、ふとみた末ちゃんの手の小ささに、兄さんは『こんな小さな手で、あんなことをかいたのか。たどたどしいアイウエオをかけるようになったのは、ほんのこのあいだのことだと思っていたのに、もう感心するような、いじらしいことをかけるようになったのか』とむじゃきにねている顔に、涙がでるほど、ほおずりしたくなったものだった。兄さんは、お前や高ちゃんたちから、『兄さん』と呼ばれる身分だと考えると、もったいないと思うほど嬉《うれ》しい。お前たちのような、りっぱな弟妹の兄さんだということだけで、心から幸福感にひたることができる。お前たちが、たとえ、よい事であっても、兄さんの気にくわないことをすると、いやな気持になる自分が、かなしく、さびしい」

兄さんが、それほどまで、私の文を上手だとほめてくださっていることが、うれしくてたまりません。

五月八日　土曜日　雨のち曇

学校へ行く前に、「女のくせ、あそばんでかえってこいよ」と、にあんちゃんからひどく注意をうけました。「うん」といって、家をでたのです。

授業がおわったとき、「光子ちゃん、まっとかんば（まっていなくては）」と、いつも、まったり、まってもらったりしているので、教室でまっていました。

おとといかりた、「ポンペイ最後の日」をかえさなくてはいけないので、ろうかに出ると、光子ちゃんたちが、ごむとびをしておられました。そのなかまにいれてもらってあそんでいると、下校ベルがなったので、かえりました。

私より一足おくれてかえってきたにあんちゃんが、「末子もいまかえってきたとか」といわれたので、「うん」とほんとうのことをいいました。「朝なんていうとったか」というと、ゴツンと頭をたたかれたのです。なにかもんくを言いたくて、はらがむかむかとたったが、私がわるいので、なにも言いませんでした。

にあんちゃんは、私のためにしかったり、たたいたりされたかもしれませんが、私はくやしくてならなかった。なにも言いませんでした。遊びたかったのです。

5　学校の生活

五月十三日　木曜日　晴

三日まえに、ツベルクリンはんのうをうってから、その夜、からだがかゆくなったので、かいていると、つぎの朝には、わきのまわり一面に、たくさんのぶつぶつが、かぞえきれないほどできていました。きょうあたりはなおるだろうと、ほっておいたら、ぶつぶつはふえるばかりです。

それで、二時間休みに、ようご室に行って、三村先生にたずねてみると、

「ちゅうしゃからこんなになるはずはないんだけど、なにか、かわったものを食べていない」とききかれました。ちょっと考えても、なにもかわったものは食べていなかったので、

「いいえ、べつに」とこたえると、

「そう、そうするとへんね。先生にはわからないから、先生（いしゃ）にきいてみるから、昼休みにきなさい」とおっしゃいました。

昼休みに行くと、「さ、行きましょう」といって、先に立たれたので、ついて行きました。校門を出て、入野《いりの》西《にし》の方へむかわれます。歩きながら、先生が、

「いまどこにいるの」ときかれました。

「はい、朝日町十二棟《とう》の、宮崎さんの家におります」

「そう、にいちゃんは元気？　高一さんは」

「はい」

「喜《き》一《いち》さん（兄さん）は、はたらいておられますか」

私は、びっくりしました。三村先生が、どうして、上の兄さんをしっておられるのだろうと、ふしぎに思いました。

「はい」

「そう、喜一さんも大へんね」

　そういっているうちに、病院につきました。石河《いしこ》病院です。

　うわぎをぬいで、先生にからだを見せると、

「なんだろう。はじめてだから、名前がわかりません。どら、そこへよこになってごらん」といって、しんさつ台を、さされました。言葉どおりになると、電気のコードのついた、まるい大きなもので、わきのへんをあたためられました。三村先生が、

「この人は、体かくはわるくないのですが、からだのよわいのが、人よりへんなんですよ。四年生の時も、なにがなんだかわからないものにかかったのです」

「そうですか」

「病気する時は、人のされないようなことを、されるのです」

「ふうん、あ、さ、おきなさい」といわれたのでおきると、先生は、あたためたまるいものを見ておられましたが、

「あすもきなさいね」といわれました。

ちゅうしゃされなかったので、ほっとしました。

五月十六日　日曜日　雨のち曇

　きょうは、天気が晴だったら、P・T・A会の小運動会だったのですが、雨がふったので、こうどうで、親子三つの歌がありました。司会者は私たちの受持ちの美間坂《みまさか》先生です。先生親子三つの歌といっても、親子でなくて、よその子供とでて、歌ってもいいのです。とせいとでもいいのです。

　三年生のすみ子さんは、はじめに、となりのおばさんとでて、自分ひとりで三つとも歌ってしまい、しばらくしてから、こんどは、お母さんとでて、それも三つとも歌ってしま

い、二かいともごうかくされました。

四十歳ぐらいの、おとなとおとなが、親子だといって、ぶたいにあがってこられました。小さい方がお父さん、大きい方が子供だといって、子供役のせいの高い人が、「とうちゃん、おしっこ」といって、ズボンの前をもむようにされたので、会場では、われるような笑い声が、わきあがりました。

司会者の美間坂先生も加茂《かも》さんとでられましたが、みんなやさしいどうようなので、加茂さんひとりで、みんな歌ってしまって、ごうかくされました。

おしまいに、校長先生が、

「私も、何か歌いましょう」といって、でてこられました。そして、歌うまえに、

「私は、いままで、歌をうたったことがございません。けれど、歌ってみれば、きっと、みなさんが聞きほれるくらい、うまいだろうと思います。しかし、私のむすめやかないは、そうは思っていないのです。私が、きょう歌うというと、はずかしいから、歌ったらいけないといいました。だから、もし、かないやむすめが来ているなら、耳をおさえていなさい」といわれたので、みんな大笑いです。

ばんそう係りの浜井《はまい》先生が、「牛若丸」をひきはじめると、校長先生は、ばんそうにちっともあわせず、自分かってに歌い、しまいには、手ぶり足ぶり、おどるようにされたの

で、会場は、またわれるような、はくしゅと笑いの海になりました。

五月十七日　月曜日　曇のち晴

ツベルクリンはんのうが、ようせいだったので、役場で、レントゲンをうつすことになりました。

五時間目に、ようせいの人を生まれ番号順に、先生がよばれました。私は七番目です。

それから、先生につれられて、役場にむかいました。

私は、レントゲンをうつすのが、心配でたまりませんでした。うつってみて、もし悪かったら、唐津《からつ》まで行かなくてはなりません。

そうなると、兄さんたちの心配は、考えようもありません。

役場にきてみると、まだ四年生がおわっていませんでしたが、まもなくおわりました。

先生が、

「番号順にならんで、だまって、しずかにはいって行きなさい」といわれたので、はいって行くと、三村先生がおられ、

「ここで、きものをぬぎなさい。しわくちゃにしないようにね」といって、カードをくださいました。三十四としめしてありました。

カードを係りの人にわたして、レントゲン台の上にのりました。少しせいが高かったので、ひざをまげ、手をうしろにくむと、

「口をむすんで、大きく息をすって、はい、そのまま」といわれたので、そのとおりにすると、うしろで、グウーンと電気の音がして、「はい、よろしい」といわれたので、いそいでとびおりると、カタンと台が音をたてたので、あっと、はずかしくなりました。

唐津に行かなくてすむのなら、うれしいのですが、どうなるか、心配でたまりません。

五月二十日　木曜日　雨

体育の時間は、雨のために外でされないので、つくえをぜんぶうしろによせ、前のあいたところにピンポン台を持ってきて、男子と女子の組にわかれて、ピンポンのしあいをしました。しんぱんかんは先生です。

しあいがはじまってみると、はじめてのことなので、おはなしになりません。

とっぴょうしもなく高くうったり、あいてがうってきた玉を、うちかえしもせず、ぼさっと見ていたりです。女子は、たいてい、はごいたとまったくかわらないしかたで、されるのです。そんな時は、

「あーあ、なーんばしよっとか。はごいたか。見とくとんばからしか」とか、さも、ばか

らしいというように、あくびをしたり、なまいきなぐちをこぼす人もあり、笑ったり、みかたの方が勝つと、「わあっ」といってはくしゅしたり、負けるとくやしがったり、とても、にぎやかなことでした。

国語の時間、先生が、

「作文を読んだが、みんないかん。でも中に、二、三まい、よいのがあるから読みます」といって、手にしていたげんこうを読みはじめられました。

「学級しゃしん」

私のでした。はずかしかったので、うつむきました。うれしさは、いうまでもありません。読みおわり、先生が、

「安本さんのです」といわれると、みんないっせいに、私の方をむかれました。

「文がしっかりしている」とか、何かが「おもしろい」とか、ほめられました。けれど、あす発表会の時、読まなければならないとわかると、こんどは、はずかしさの上に、心配がふえてきて、どきどきして、どうしようもありません。

五月二十二日　土曜日　雨

きょうも雨がふりましたが、小雨だったので、かさは持って行きませんでした。

ふん水のような水玉が、風にのって、顔に気持よくふいてくる、雨とはいえないような、気持のよい小雨でした。

けれど、道は、きのうやおとといの雨のため、べちゃべちゃのどべ（どろ）道になっています。

しばらく歩くと、くつに赤土が山もりになり、重くて歩きにくくなります。みんな、気持わるそうに、道ばたの石や草で、どろをおとしては、また歩いて行くのです。

こんなべちゃべちゃの、どべ道を歩いて帰るとちゅうのことです。

「つつみ」のところで、ずぶっと、足がどろのふかみに、めりこんでしまいました。足をひきぬこうとすると、くつががっぽがっぽなので、がばっと足だけぬけて、ぬけたあとに、どべどろ（沼どろ）がどどっとはいって、くつが見えなくなりました。その中に、けんとうをつけて足をさしいれていると、ずぼっとはいったので、こんどはぬけないように、ようじんしながら、ひきあげようとしましたが、なかなかとれないので、力いっぱいひくと、がぼっととれたひょうしに、はずみをくらって、つるーっと気持よくすべって、しりもちをついてしまいました。赤土のどべだったので、スカートのうしろ一面、赤土でまみれてしまいました。

いっしょに帰ってきた光子さんが、大笑いするので、「つつみ」のよこの、水がちょろちょろ流れている水たまりで、あらって帰ることにしました。

うわぎも少しよごれたので、ぬいであらっていると、せっかくやんでいた雨が、またふりだしたので、光子さんから、かさをさしてもらってあらいました。

うわぎがすむと、こんどは、スカートをぬいで、おしめをあらうように、水にじゃぶじゃぶとつけてあらい、それを、そのままはいたので、つめたくてたまりませんでした。すべったのは、あまりいたくありませんでした。

五月二十五日　火曜日　晴
算数の時間、先生は、私たちのならっていない、むずかしい問題をだされました。

毛利あきらさんが、一番はじめに行かれましたが、ペケで、二番目に、私が先生の前に行くと、「もう、おうたぞ」という、永代《ながしろ》さんの声が、うしろでひびきました。

たしかな自信はありましたから、その言葉が、なんとなく、いい気持でした。

先生にノートをさしだすと、笑ってうけとられ、一つ一つの答を見て、うなずきながら、び笑《しょう》しておられましたが、「よし」といわれました。それを聞いて、

「先生、あわしたとですか」と、おどろいたような声がとびました。

それには答えず、先生は、

「ひとりができたんだから、みんなできないはずはない」といわれました。

けれど、しまいまで、答のあった人は、私ひとりだけでした。

うれしくてたまりませんでした。

四年生の時、にあんちゃんからのおしえが、せからしい（やかましい）と、あまりむずかしいので、ならう時は思っていましたが、きょうは、よ習のありがたさが、しみじみとわかりました。

六月三日　木曜日　大雨

朝、まだ、ねどこにいる時から、いなびかりが光ったり、かみなりがなったりしていましたが、学校へ行くころになると、とうとう大雨になりました。風も強くふきはじめました。その中を通って、学校につきました。よこなぐりの雨が、ガラスなどにはげしくたたきつけています。

じゅぎょうがはじまってからは、ひと足も教室からでていないので、気づきませんでしたが、お昼の時間に、手をあらいに行ってみると、運動場は、雨水でつつまれて、ため池のようになっていました。

あまりのはげしさに、せいいとだけで帰るのは、あぶないというので、先生がつきそってこられることになりました。

大鶴一区は、一区の係り井上先生とともに一だんとなって、ふきつのるあらしとたたかいました。せまくるしいみぞには、はいっておれない水が、ドオー、ドオーと道にあふれでて、土という土はみんなはがされ、流されて、石ころだけがのこって、ごつごつしていました。たんぼのふちは、けずられ、畑では、せっかくかってほしてある麦が、じゅくぬれになって土をかぶり、おひゃくしょうさんがかわいそうでした。

みんなは、風にふきとばされないように、雨具をしっかりにぎって、荒れくるう海の中を行くようなかっこうをして進みました。

おそろしい去年の六月が、まざまざとよみがえってきました。

かさは何の役にもたたず、家にたどりついた時は、ずぶぬれになっていました。

六月四日　金曜日　晴

きのうのあらしはふっとんで、きょうは、教室の中に、明るい日ざしが、あびせかけられました。この明るい日ざしの中に、また、ひとり新しい転校生が、私たちといっしょに勉強することになりました。

まずしいくらしなのでしょう。上も下もよごれたようふくです。ぼうぼうとのんで（のびて）いるのに、さんぱつもしていません。その子のお父さんも、古びた茶色のせびろで、りっぱなみなりとはいえません。

先生のしょうかいが終わると、お父さんが「池田正幸《いけだまさゆき》君のいとこです」といわれました。みんなの目が、正幸さんに集まりました。

正幸さんは、てれくさそうに笑っています。男の転校生は、木下というみょう字です。きょろきょろと、教室の中を見まわしておられます。私たちは、声をそろえて、「よろしくおねがいします」と、あいさつしました。ところが、そのあとで愛甲《あいこう》さんが、「よろしくおねがいしません」と、大きな声でいったのです。それで私たちは、みんなどっと笑いました。

その時、親の顔色がかわりました。

あすから勉強することになり、その人たちが教室を出て行かれる時、また愛甲さんが、「たっしゃでなあっ」とさけんだのです。すると、こんどは、中谷《なかたに》さんまでまねして、「死んだらあかんぞう」と、大きな声でどなったのです。それでまた、みんなはどっと笑いました。

私は、転校生がかわいそうになりました。

びんぼうだから、ばかにされて笑われたとは思われなかったでしょうか。

いま、そんなことをいった人も、もし、自分がよその学校へ転校した時に、いきなり、こんなことをあびせかけられたら、どうでしょう。

愛甲さんと中谷さんは、先生から、いたい「あんパン」を、二つずつもらわれました。

六月十日　木曜日　晴

あすは、「家庭」があるので、学校から帰って、ヘラと針をかいにくだりました。ほかのものはあります。ぬい、い、い、しんぎれは、お金をはらっていませんが、先生がだまってくださいました。さいほう箱がないだけで、あとはみんなあります。

つつーっと、坂をかけおりて行くと、見たような人と、はっと目があいました。

「あっ、おまえここにおるとか」と、その人は、きかれました。お父さんが死んだ時、きちがいにまでなられた、文本《ふみもと》のおじさんでした。

「はい」と、へんじすると、

「そうか、ここから学校行きよんな」といわれたので、「はい」といって、また、かけおりて行きました。

少し行って、上をふりかえってみると、おじさんは、首をさびしそうにうなだれて、私をじっと見ておられました。いまにも、なみだのこぼれそうな、いたいたしい目つきでした。

お父さんと大のなかよしだった、文本のおじさん。そうしきの時、おんおんと泣かれた、文本のおじさん。かなしみのあまり、きちがいにまでなられた、文本のおじさん。

お父さんの生きていたころの思いでが、つぎつぎに、私のむねにはいってきました。

六月十一日　金曜日　晴

家庭の時間は、ぬいしんぎれをぬうことでした。てんてんと、しるしをしてあるせんの上をぬうのです。指ぬきは、毛利さんがくださいました。

家庭の時間は、井上先生です。

みんながぬっているのを、見てまわっておられましたが、前にもどると、

「とってもぬい方が上手で、針のうごかし方の上手な人を、前に三人だして、してもらいますから、みんなよく見ておきなさい」といって、

「松石《まついし》さんに、ええと、安本さん、永田《ながた》さん、前にでてしてください。あんたたちの手のうごき、指のうごきを、あとの人のさんこうになるでしょうから」といわれました。

うれしくて、たまりませんでした。

人のさんこうになるうでぶり、でも、自分では、どこがよいのかわかりませんでした。教だんの前に、三人でてならびました。

〈りっぱに、ぬおう〉と思いましたが、手が、こきざみにふるえて、こまりました。ほかのふたりも、ふるえているようでした。

先生が、「よく見ておきなさい」と、うながされ、「りっぱですね」とほめられました。ほかのふたりに、いったような気がしましたが、私もうれしくなりました。

六月十二日　土曜日　晴

児玉さんと、ふろであいました。児玉さんは、映画にただではいっても、ようちえんとまちがわれて、だまっていれてくれるというほど、五年生なのに小さいのです。こんなに小さいのに、いもうとを、ふたりもつれてきていました。しかも、ひとりは、おしのりつ子ちゃんですから、大へんです。ぜんぶ手まねでしてみせるのです。

私は、児玉さんが、自分とせいの高さが、あまりちがわないりつ子さんに、いっしょうけんめい、手まねでおしえているのを見て、ほんとうにえらいと思いました。

みんなが、児玉さんのするのを、じっと見ているのですが、そんなことはちっともかまわず、だまって、ゆかいそうな顔をして、いっしんに、してみせているのです。

なんだか、さびしくなりました。

小さい時からしているので、なれているのでしょうが、私には、そんなことはできそうもありません。

りつ子ちゃんは、このおしがなおらないのですから、しょうらいを考えると、かわいそうです。顔だちは、私たちの組の、千晶さんよりも、かわいいくらいのこどもですが、どうなることでしょうか。

ふろにはいってからは、児玉さんと学校であったことなど話しながら、りつ子ちゃんと、さだ子ちゃんのからだを、きれいにながしてやりました。

六月十四日　月曜日　晴

今週は、私たち三班の右列は、便所そうじです。左列は来週です。

毎日、一日に一人いっぱい、小便をくまなくてはなりません。まっさきに、私と永田さんと二人で小便をくみました。

「ねえ、安本さん。あんた、千晶さんたちは、いくらじぶんがきれいだからといって、いっちょん、こやしくまっさんてよ」

「いや、そうね。あたいは気をつけてみたこともなかばってんが」

「あんた、いくらなんでも、おつかいにいったことが、なかて、いわすとけん」

「ほんとうね？」

「ほんとうもくそもあるもんね。あたい、いくらおつかいせんていうても、自分の家でもなかとけ、そうじぐらいするよ」

「ほんとね」

「あたい、あがん人は、教れい員になるしかくはなかて思うよ。前にでて、だまってたってなんね。なんもいわんで、あいばあげる人も、ちょっと、どがんかしとんさらんとやろか。かわいかと思うて、発表もしきらずに、顔がなんね、顔が。頭がもんだい。よめにいっても、なんもしきらんぎ、たたきおいだされるまでたい」と、どこがにくらしいのか、めちゃくちゃに悪口をこぼされるのです。

永田さんのことばは、よく千晶さんの生活にあうのです。そうじしないのは、あまりよくないと思います。

6　どん底におちる

六月十七日　木曜日　晴

兄妹四人は、苦運のどん底におちてしまいました。兄さんの職がないのです。それどころか、家だってないのですから。

ここにはおられませんのです。なぜかって、きのどくだし、おれといっても、こっちからことわります。なぜかというと、Watakusiga《わたくしが》 sigotoo《しごとを》 sinaikarakamo《しないからかも》 siremasenga《しれませんが》, watakusino《わたくしの》 warukutio《わるくちを》, itte《いって》 orareru《おられる》nodesu《のです》. Watakusiniwa《わたくしには》 tumetaku《つめたく》 ataru《あたる》 nodesu《のです》. Soremo《それも》 niantyanno《にあんちゃんの》 orarenai《おられない》 tokidakedesu《ときだけです》. "Binbo《びんぼう》 chosenjin《ちょうせんじん》, deteike《でていけ》. Oigatanoieni《おいがたのいえに》 orasen《おらせん》" といわれるのですから、おればつめたい目でにらまれて、やせるばかりです。

こんなに、おばさんや、よしちゃんがしているとは、私も気がつかなかったのです。紀《き》代《よ》ちゃんや、のぼるちゃんからきいて、こんなにまで私をきらっていることがわかりましたが、もし、うそだったらいけないので、よく気をつけて、おばさんとよしちゃんのようすをみていると、ほんとうに、ひっきたいでかいたようなことがわかってきたのです。こんな家は、一日でも早くにげだしたいのです。いくら雨にぬれても、道ばたによこたわっても、ここにおるよりは、私は幸福です。いよいよ雨にぬれて、道ばたにねるのも、まぢかくなってきました。運なのですから、私はあっさりあきらめて、その日のくるのをまっております。

六月二十一日　月曜日　雨のち曇

朝、目がさめて、北側を見てみると、体格のよい大人がねていました。よく見てみると、それは兄さんでした。

きのう私は、早くねてしまったので、知りませんでしたが、ゆうべ、おそく帰ってきておられたのです。

「なし（なぜ）帰ってきたかったかというと、末子にあいたかったけんぞ」とくるしそうな、わざとらしい、いたいたしい微笑をうかべていわれました。じつは、家がないかと、貸家がないかと、みつけにこられたのです。みつけたところで、大鶴（鉱業所）は一年もつづかないという人びとのうわさです。でも、家さえもっていたら、大鶴が一年でつぶれても、自分の家ですから、心配ないわけです。でも、まあといって、夕方から、兄さんと、にあんちゃんと、ぶらぶらと家さがしに行かれましたが、こんな大鶴にあるでしょうか。兄のくるしみ、心配は、どうでしょう。どうかあるように、と思いながら、二人のかえりをまちました。

六月二十四日　木曜日　晴

学校から帰ってきても、兄さんは、あてもなくよそいきしていて、家はひっそりしていました。おばさんたちは、仲町《なかまち》のおばさん（ここのおばさんの姉さん）が、病気になったので、かせいに行っていて、きのうから、家にはいないのです。

夕ごはんのしたくをしていると、おじさんが、仕事から帰ってこられました。そして、しきりに、ゆかの下をさがしておられましたが、

「あら、げたのある。どこさん行ったとかね」と、ひとりごととしておられました。

「近くならば、げたはいて行くばってんね。くつんなかけん、どっか遠かとこ行ったばいね。そいぎ（それでは）、いつになるとか」と、さも、はらがたってたまらない、というような口ぶりでいわれました。

「芳ちゃんたちは、くると？」と、私がきくと、

「あんまい（り）人間のおおかけん、こられんもんね。三人ぐらいなら、下の子もよかろ

うばってん」と、なげつけるように、早口でいわれました。私は、それを聞くと、くらくらっと、目まいがするようでした。

私たちは、いまこの家から、出て行ってくれといわれているのです。それで、兄さんは、また新しく、私たち二人をあずかってくれる家を、さがしてまわっているのですが、いまどき、そんな家は、どこにもないのです。

きょうのおじさんの口ぶりでは、もうどうしても、がまんがならないというように、きこえました。もし、追いだされたとしても、私は、おじさんをうらむことはありません。はじめは、たすけられたのです。いままで、おいてもらっただけでも、ありがたいことです。

六月二十六日　土曜日　曇

「末子おきらんか。（サイレンが）六時半ふいたぞ」と、にあんちゃんによびおこされて、目がさめました。顔にあせがでていました。

私は、こわくてたまりませんでした。にあんちゃんから、おこされたので、くるしむのが少なくてよかったのです。おそろしいゆめを見ていたのです。

私とにあんちゃんとふたりが、東京の町を、こじきになってうろついていました。東京はどこかしりもしないのに、東京だったのです。

私は、大きい兄さんはどうしたのだろうと、そんなことを考えていると、にあんちゃんが、

「おまえをつれていたら、おれがこまるから、あっちに行け」といって、たんとうを光らせたのです。

「いや」と、私がいうと、

「なにっ」と、にあんちゃんがさけんで、

「そんなら、ころしてやる」と、たんとうをかまえて、じりじりと、私にせまってくるところでした。そこで、私はおこされたのです。私は、ゆめからさめて、どうして、こんなゆめを見たのだろうかと、ほんとうに、かなしくてたまりませんでした。

ゆめは、せいかつのつづきだと、聞いていたので、〈ほんとうに、こじきになるのだろうか〉と、学校へ行ってからも、ゆめのことばかり考えていました。思いだしただけでも、こわくて、どうしようもありませんでした。

けれど、いまは、私はあきらめています。

たとえ、ほんとうに、こじきになって、雨にぬれながら、道ばたにねるようになっても、それは、うんめいなのだから、しかたがないと、いまはあきらめています。

六月二十八日　月曜日　晴

朝、家を出る時、「三時間で早退《はやび》きしてこい」と、兄さんに言われました。家をあき家にうつるからなのです。

いま兄さんはこう思っておられるのです。「ほったて小屋をたてるよりも、家をあき家にうつってから、職をみつける」と。それで、まず、あき家にうつるから、三時間で帰ってこいというのです。それも会社の許しをうけないで、あき家にうつるのですから、みんなから、わる口をいわれないかと、心がふるえました。

もしかしたら、私は姉さんの所に行かなくてはならないかもしれません。姉さんとはたらかなくてはならないかもしれません。住みなれた入野からはなれるのは、身をさされるようにつらいのです。それどころか、学校に行けないのが、私には、なんとたとえていいでしょう。学校さえ行ければ、それでいいのです。楽しみは、学校なのです。私の夢は学校なのです。一時間でも早くひけると、また先の思いがつまって、くるしいのです。一時も、心からはなれたことがないのです。学校では、みんなの遊びをみていると、うっとりとしてわすれるのです。めったにありませんけれども。

まだ学校に行けないときまってはいませんが、そうにしか思えません。でも、三時間で早引きしました。やおつり（家移り）はしていません。

六月三十日　水曜日　晴

学校からかえってくると、「末子、末子」と、声がしました。上のほうから聞こえてきます。兄さんでした。上がっていくと、「すこしやすんでいこう」といわれました。堤《つつみ》の手前のがけの上の畑のよこのかれ草の中にすわっておられました。

「なしね」ときくと、「フー」とかすかにわらわれました。

「かしまがあったぞ」

「うそ」

「ほんとうぞ」

「ひろさは」

「三じょうまぐらい」

私はうれしくてなりませんでした。しかし、兄さんは、

「ばってん、はっきりわかっとらん」といわれました。

つるまきです。やっぱり大鶴とはちがいますから、ふべんり（不便利）です。かいもの、ふろ、これらがふべんりなのです。でも、家のあったというのをきいただけでも、うれし

くなりました。いまから、運がひらけてきそうな気がして、うれしく思いました。でなくとも、貸間があったときいただけで、あとは、わかっていなくても、うれしくなりました。話をして、ぶらりぶらりとまいとごやのほうからかえってきました。（このかしまは、けっきょくだめだったのです）

七月一日　木曜日　晴

半年ぶりで、ねえさんが帰ってこられました。もう、佐賀の子守り奉公は、やめてこられたのです。

きょう、ねえさんが帰ってくるときいて、私は、うれしいような、こわいような気持で、どきどきして、きのうは、夜おそくまでねむられませんでした。

ねえさんは、せっかく帰ってきても、この家にはこられず、福田さんの家に行かれました。そこで、ねおきされるつもりなのです。ねえさんは、この家のじじょうをしっていて、気がねしておられるのです。

家のないことより、つらいことはありません。ありません。ありません。

ながいあいだ、遠い所へはたらきに行っていて、せっかく帰ってきても、のびのびと、手足をのばしてやすむことも、できないのです。よその家で、きがねして、小さくなっていなければいけないのです。

ねえさんは、帰ってきながら、どんな気持がしたでしょう。

私だって、つらさはおんなじです。半年ぶりであうというのに、わざわざ、光子さんの家まで、あいに行ったのです。いっしょに、ねおきすることも、できないのです。

福田さんの家の前まで来たときは、私は、もう、どうしても、なみだがこみあげそうでたまりませんでした。でも、なみだの光を見たら、ねえさんは、どんなに、かなしまれるだろうと思って、できるだけ、がまんしていました。

ねえさんの顔は、行く時より、ずっと白くなっていました。頭には、パーマをかけておられました。

ねえさんは、私の顔を見ると、わざとのように、大きな声で、

「えらい日にやけたね」といわれました。そして、なつかしい笑い顔を見せたかと思うと、すっと、しょうじのかげにかくれてしまわれました。あがって行ってみると、ねえさんは、泣いておられました。かたをふるわして、声をころして、かなしいすすり泣きをしておられました。

ねえさん、ねえさん、いとしきねえさん。

七月二日　金曜日　雨

「なし、姉ちゃんなこんと（こないの？）」と宮崎のおじさんにきかれました。私も、姉さんがかえってくるなら、と、姉さんのかえられないのが、つくづくかなしくなりました。「つれてこんけん（つれてくればいいのに）」といわれました。にあんちゃんも、つれてこいと言いました。姉さんを福田さんの家につれにいくと、「おじさん、なんとも思わっさんかね」と、心配したような表情だったが、かえってこられました。うれしくなりました。明日は姉さんとお話することもできる。おきて、朝のしたくもいっしょにできる。もう、私と姉さんと、しごとをしているのが、目にみえてうれしくなりました。くすぐったいようなかんじでした。

七月十六日　金曜日　曇

「末子、おまえ養子にいかんか。兄妹のえんば、きってから」と、きのうの夜、兄さんにいわれた言葉が、耳にしみついて、どうしてもきえません。私に、兄妹のえんをきらないかというほど、私たちは、せまっているのです。兄妹のえんをきるくらいなら、私は、いっそ死んだ方がましです。兄妹わかれわかれになったことさえ、かなしくて、つらくてたまらなかったのに、えんをきるなどと、そんなことは、私にはできません。いままで、どんなことがあっても、いっしょにくらしてきた四人です。

私は、お父さんやお母さんが、こいしい時が、ほんとうに、なんどあったかわかりません。けれど、兄さんやねえさんが、やさしいからと、それで、なぐさめられてきたのです。やさしい兄さんやねえさんの愛情で、親のない子のさびしさをあじわわずに、人なみに育ってきているのです。それなのに、兄妹のえんをきってしまえば、もう、兄さん、ねえさんとよぶこともできなくなるでしょう。そんなことは、私にとっては、死んでしまわれるのもおなじことです。

えんをきるどころか、いまの私の、いちばんねがっていることは、どんなに小さい、みすぼらしい家であってもよいから、兄妹四人が、いっしょに、明るく自由に楽しく、くらしたいということです。

兄さんは、私がへんじをせず、だまりこんだので、それからあとは、なにもいわれませんでした。

けれど、私は、ほんとうに兄妹のえんをきってから、養子にいかなければいけないのだろうかと、きょう一日中は、このことばかり、考えふけっておりました。

〈私たちには、幸福は、しまいまで、おとずれてこないのだろうか。一生、このまま、苦労をしていかなくてはいけないのだろうか〉と、こんなことを考えると、さびしくて、さびしくて、どうすることもできませんでした。

7　炭焼き家に移る（にあんちゃんの日記）

七月二十一日（水）曇

いよいよきょうから、夏休みだ。去年は、夏休みにはいる十日前ごろから泳いでいたが、今年は、そうはいかなかった。今年の梅雨《つゆ》は、いつもより早くはいって、いつもより永く続いた。そのため、雨期ばかりで泳げなかったのだ。まだ、泳いでよいという許しはでていないが、もう、きょうは、四、五人泳いでいた。

ぼくは今、はぜまけになり、顔が赤くはれ、痛《いた》さとかゆさでたまらない。どうしてできたのかといえば、きのう、光岡《みつおか》君と登校中、彼が、どうしたはずみでか、「おいは、はぜに負けんばい」といいだした。しるをつけてもできないという。そこでこちら、そんならといって、はぜの木をポキポキ折って、そのしるを彼の顔につけてやった。そのポキポキやった時、しずくがぼくの顔にもとんだわけだ。それが、帰りがけになって現れはじめた。そしてけさになると、もう顔を見るのもいやだというほどひどくなっていた。見る方だけがいやなのじゃない。できてる方は、その倍もいやだ。かゆいし痛いし、つぶつぶが顔中にできて気持が悪い。耳まではれて、大きく変な形になり、目が細くなるほど顔の表面がふくれ上がった。ほんとうにいやな気持だが、自分でしたので仕方がない。泳いでいいようになっても、これでは泳がれない。光岡君にもできていると思う。夜が大変だった。眠ろう眠ろうと思っても、ピリピリッと痛んですぐ目がさめて、一晩中おちおち眠れなかった。

七月二十二日（木）晴

朝起きてみると、はぜまけは、いっそうひどくなっていた。

兄さんは、いよいよ切木《きりご》へ行くといわれた。そして部屋をかたづけたり、ふとんなど、持って行かなくてはならない物を荷作りされはじめた。その間も、ぼくは寝ころんでいた。ぼくの痛そうなのを見て、兄さんは行きかねられたが、仕方がないといって、三人で宮崎家を出た。五時四十分のバスで、「有浦《ありうら》中学校前」まで行き、そこから切木の山中めざして、ぼちぼちとあるきだした。約二時間かかるというのに、ピリピリと顔が痛くて、歩きにくかった。発電所を越し、山山の緑をながめながらだいぶ急いだ。ぼくは、そうまで遠くないと思っていたが、予想外に遠い道程《みちのり》だった。右へ折れ、左へ曲がりして歩けども歩けども、人家は見えなかった。やっと、部落に着いたかと思うと、そこからまだ三キロほど歩かねばならない山の中だといわれた。太陽が西に沈み薄暗《うすぐら》くなってきた。目的の家についた時は、もう八時をまわっていたであろう。

この家の人は、笑顔でむかえてくださった。炭焼きをしておられるので、家はうすいわらぶきで、ゆかは地面にござをしいてあるだけだ。自分で組み立てたそうだ。家の中は、広い炊事場《すいじ》と部屋が二つあり、一つは五じょうぐらいの広さで、も一つの方は二じょうに少し足りないくらいの小さな部屋だ。ぼくたちは、そのせまい方にやっかいになることになった。山中なので、蚊《か》がたくさんでて寝苦しいことだろう。まだはぜまけが痛むので困った。

七月二十三日（金）晴

この家の主人の名は、「閔《ぶん》さん」といって、前、大鶴で、ぼくたちと同じ町内にいた人だ。

朝七時ごろ、朝鮮人丸出しの、こしょうとにんにくのたくさんはいったおかずで、ごはんを食べた。

兄さんは、八時半ごろ帰るといわれた。ぼくは、そこいらまで見送るといって、ついて行った。いなりざからバスで唐津に行かれるのだが、ここは山中の山中なので、どこへ行くのにも大変だった。いなりざへ行くにも三キロほどあった。高い山を太陽に照りつけられ、ふうふういいながら登り、そしてまた下ったところがいなりざだった。バスが来て、兄さんが乗られると、バスは、砂ぼこりをまきあげて走り去った。兄さんが帰ってしまうと、いよいよ、ぼくたち二人の山中生活が始まったわけだ。しかし、ぼくは、ここで生活することは絶対にできないということが、一日の日もくれないうちにわかった。こういう生活は、ぼくたちにはどうしてもできないのだ。

七月二十五日（日）晴のち曇

　この三日、ぼくも末子も泣いて暮らした。ぼくたち兄妹は、兄さんがいなくては、いや、兄さんといっしょでなくては、さびしくてたまらない。まして、この山中では、なおさらだ。兄さんがこいしくてならない。この家では、ぼくも末子も生活することはできない。兄さんを見送ったその日、はや、昼めしは米がないとかで食べられなかった。その時、ぼくは、内心おもしろくなかった。ぼくは、兄さんが、おじさんにお金をわたしているのを知っているのだ。その金は米を買わずに何に費《つか》ったというのか。

　もうからこんなふうでは、先が思いやられる。それに、四つと二つの小坊主《こぼうず》が、はだしで遊んできては、そのままござの上にあがるので、いくらふいてもよごれる。これでは服がたまったものではない。体もよごれる。ところが、いくらよごれても、ふろはないのだ。しまいには体中あかだらけになるだろう。こういう生活はいやだ。電灯もない。しかし、いやだといって、その後どうするかが問題だ。

兄さんが、宮崎さんの家を見つけられる前から、どんなに苦労されたか、ぼくはよく知っている。そして、宮崎さんから出てくれといわれて、ぼくたちの住居を見つけられるまで、どんなに苦労されたか、それもぼくはよく知っている。

方々をたずね歩いて、汗みどろになって、見つけて下さったのが、この家なのだ。そんなにまでして見つけて下さったところを、一方では、「いやだ」といってよいであろうか。それを考えると、いやということはできない。が、しかし、どうしてもぼくたちには、このような生活は性に合わないのだ。

せめてこれでも、兄さんといっしょであれば、ぼくも苦情はいわない。けれども、それはできない。ぼくたちには、あの優《やさ》しい兄さんがいなくては、生きる望みはない。兄さんが、どんなにぼくたちをなぐさめてくれただろう。ぼくたちを養っていくため、育てていくため、遊びざかりの青年でありながら、映画ひとつ見に行かず、よく、ぼくたちのためにつくして下さった。兄さんの苦労とありがたさを思えば、ひとりでに涙がでてくる。そして今は、ぼくたちの住居が見つかったので、一肩《ひとかた》の荷がおりて、姉さんの仕事を探しておられるのだ。それなのに、帰ってこられた時、いきなり、「ここはいやだ」といったとしたら、どうだろう。

ああ、ぼくたちは、いったいどうしたらいいのだろう。

七月二十六日（月）曇

ますます、ここで暮らすことはできない。兄さんが早く来てくれなくては、たまらない。まるで、半年も会わなかったように会いたい。

朝、おばさんが戸をはげしく開ける音で、はっと目がさめた。おばさんは、何かにものすごく腹を立てていた。そして、ぼくたちが起きていくと、米がないといって、ぼくにむかっておこった。もちろん、朝めしはおかゆだった。きのうの晩も昼もずっとだ。ここの人は、二人とも無学で、夫婦げんかの絶え間がない。そして、そのあげくに、ぼくたちの方へ文句がとんでくる。つくづくいやになった。ぼくたちには、こういう生活は、どうしても合わないのだ。

ぼくは、兄さんが帰ってくるまで待とうか、それとも、また宮崎家に一応行っておこうかと、この二つの道で、ずいぶんまよった。しかし、おばさんは文句をいうし、きょうの

昼から、おかゆをたく米もなくなっているので、ついに宮崎家に行くことにした。そして、兄さんへの置手紙に、

「お兄さん、すみませんが、一応宮崎家に行っておりますから、ふとんを持ってきて下さい。わけは詳《くわ》しく話しますから」と書いておいた。ぼくは、それから放浪《ほうろう》するつもりだ。

それで、三人で持って来た荷物を、二人で無理してかつぎ、あの遠い道へのりだしたのだ。ところが、途中まで来て、ぼくのポケットの百円がなくなっているのに気づいた。いくらさがしてもない。どこに落としたのか、部屋かもしらないと思った。それで今来た道を走ってもどった。末子を山道に一人のこしているので、もうこれ以上だせないというほど馬力をかけた。金はなかった。それでパンもくわれず、はらがへってたまらなかった。道が、遠くて遠くてかなわなかった。

だが、これがぼくにとって、悲しみと後悔と恥をうもうとは予想しなかった。ぼくたちが宮崎家にたどりつくと、「あんちゃんな、朝八時ごろ、唐津《からつ》の方から切木さん行かしたとけ」といわれた。いれ違ったのだ。しかも、ここで兄さんは、長屋の人たちを集めて、別れの会まで開いたそうだ。

この、別れの会を開いたということが、ぼくをいちばん悲しませ、後悔させた。また、置手紙はふとんの下にいれておいたので、泊まられないかぎりわからない。ただ、なにげ

なくはいって行って、家の人はいないし、ぼくたちは遊びにでも行ったのだろうと思って、そのまま行ってしまわれたら、最後だ。ああ、不安でならない。

七月二十七日（火）曇

きょうになって余計《よけい》不安になった。兄さんは、ぼくのしたことをどんなにおこっておられるだろう。兄さんがぼくたちのためにされた苦労を考えるならば、勝手にあそこを出たりしてはいけなかったのだ。だが、それは、はじめから知っていた。知っていながらも、とびださずにはいられなかったのだから、どれほど、あそこがいやだったか、わかってもらえよう。

兄さんはいま、どうしているのだろう。ぼくは不安になって、いても立ってもいられなく、何度も部屋を出てははいり、はいってはまた出たりした。そして、

「お兄さん、お兄さんの何の許しもえずに、勝手にしでかしたぼくのあやまちを、許して下さい。お兄さんが次ぎの日帰ってくるという確信があったならば、苦しい中でも一日待ったでしょう。しかし、それはわからず、心細さや会いたさで、いても立ってもいられず、とびだしてしまったのです。そして、いまはそのことについて、ぼくは、ひとり悲しみ、後悔し、苦しんでいるのです。お兄さん、お願いです。どうか早く帰ってきて、ぼくの意

見も聞いて下さい」と、ただひとり畑の横で、悲しみつつ、つぶやいていた。そして、体中の力が一時に抜けてしまい、その場に、へなへなとすわりこんでしまいたかった。

姉さんも心配して、夕方八時ごろ上がってこられた。姉さんはいま、仲町のおばさんが、まだ悪いので、かせいに行っておられる。姉さんも、ぼくたち弟妹のために苦労しておられる。だがなんといっても兄さんだ。

七月二十九日（木）曇りのち雨

ぼくは明日にも兄さんが帰れば、放浪をする身だ。考えれば考えるほど悲しい。ひとりどこかの駅におりたとしても、その日からどうしたらよいか、どうやって食べていくか、などを考えると心細い。

しかし、こうなっては、決心していて悔《く》いることはない。こういう状態なので、このごろは、「夏の生活」と日記、それに漢字書取りの三つ勉強しただけで、他は何もしていない。だが放浪の旅をするまでは、研究もし勉強もする。この放浪も、どうせするなら早くしたい。どうせぼくが放浪するなら、今に見ておれ、きっと名をあげるだろう。もしも名があがらず、何の役にも立たないならば、一思いにドロンだ。おめおめと苦しみ、平凡な生活を送るよりは、いっその事という心も起こるに違いない。そして結局は、この方になるであろう。

なぜなら、今の時代は、金持ちで頭のよい人が、ぞろぞろといるのだ。彼らは資本でやるに違いねエ、と、もうこうなれば、やけだ。それにくらべて、何も持たないぼくが、どうして名があがる。ねぼけ夢を見るなだ。しかし、しかしだ。同じ人間でありながら、馬鹿と頭のよい人はなぜある。偉《えら》くなる人と、落ちぶれる人はどうしてできる。という声も、どこからか聞こえる。が、まあ、なんとでもぬかせだ。

兄さんの顔が早く見たいなり。

七月三十日（金）曇
このごろ、ちっともよい天気に恵まれない。
三時ごろ、買物から帰ってこられたおばさんが、「高ちゃん、アルバイトせんね」ときりだされた。それは、高串《たかくし》のいりこ製造に行くことだった。かねてから、兄さんはいないし、この家におるのはめいわくだと思っていたから、ぼくは一つ返事で承知した。
だが、その時の、おじさんの態度が、少し気にくわなかった。せっかくお世話になっていながら、こんなことを書くのは悪いが、それはこうだ。このアルバイトの件は、高串からこられる魚屋さんが、高串の人に頼まれて、人をさがしていたのを、ここのおばさんが聞いて、ぼくの意見を聞きに、いちおうこられたのだ。ぼくが承知すると、おじさんは、「なるだけ早か方がよかろうけん、きょう、そん人が帰る時、連れて行くていわしたら、いっしょに行くがよかけん、どうするか、今から行って話してこい」と、おばさんをせきたてられた。言葉の中には現わされていないが、「このやっかい者め、早く行ってしまえ」というひびきが、ぼくの方へこちんときた。

しかし、考えてみれば無理もない。ぼくは一度出て行っておきながら、また舞いもどってきた身の上ではないか。だれだって、やっかいものめと思うのが当然であろう。

8 「東京へ行こう」（にあんちゃんの日記）

七月三十一日（土）曇・小雨

今朝は、ぼくが早く行くために早く起きたので、みんな早く起きた。ごはんを食べてすぐ六時半に家を出た。

きょうは、大鶴鉱業所主催で唐津へ海水浴行きの日だ。それで分教場の前に大型バスが六台並んでいた。のぞいて見ると、明るい車内、きれいなシート。それにマイクが目についた。これでのど自慢でもやりながら、楽しく行くのだろう。料金は往復でたったの二十円。あたりまえなら二百円だが、あとは会社がだしてくれるのだ。さすがに大鶴は、大鶴だけのことはあるなと思いながら、高串へ急いだ。

高串に来てみると、ところどころでいわしを煮ていた。そんな所はみんな陰気《いんき》な感じだ。なまぐさいにおいがプンプンする。このような所で今から働くのだと思うと、ふだん学校では、人気者で忘れん坊で活気盛んな高一君も、少々がっかりした。

例の家はすぐ見つかった。二階家だ。ぼくが行くと、「きょうはいわしが少なかったので、仕事がないから、家にはいっていなさい」といわれた。この家は六人家族で、三、四歳の子供が一人いるほか、みんな大人だ。それでなぜ、かせい人をさがすのかと思うほどだ。一人盲目の人がいて、二階で鍼灸《はりきゅう》をしておられる。日記も付けおわったし、今から、そこらへんまで散歩にでかける。

八月一日（日）晴

きょうは、いりこ製造に行くことになった。朝七時半に家を出て、干し場へこぎ船で行った。だいぶ遠かった。船はなかなか立派なものだった。着くと、海辺より少しはなれた所に、いわしを煮るかまがすえてあった。そこから、急な坂を登った所に、小屋が立っていて、そこの広場に干すのだ。

小屋の中には、一俵《ぴょう》一貫目のふくろに作ったのが百、すなわち百貫目分が、ちゃんと作られてつんであった。まず、それを船につみこんだ。一貫目といっても、持ちにくくて、重くて、四つがようやく持てるほどだった。小屋から海辺まで、かなり遠いので、一苦労だった。満船させると、京太郎さんと伊藤さんが、漁業組合にこいで行かれた。一俵四百円以上で売れるそうだ。いりこにも等級があって、一等から四等まで、値段は、一等が六百円ほどで、四等以下は、等外品として安くしか売れないそうだ。

ぼくたちはそのうち、いりこを干し始めた。おととい煮て、曇っていたので干されず、つみ重ねていたのが、少しくさくなっていた。それが二百箱ほどあったが、全部たきなおさなくてはいけなかった。三人で、一時の休みもないほどいそがしかった。

五時ごろ、北の空がにわかに曇りだした。それで大あわて、八十台ほどを小屋につみこんだ。それがすむと、草をむしって帰ってきた。きょう持って行ったいりこは、三等と四等だったそうだ。さすがにつかれて、腰が痛かった。

八月二日（月）晴・夕立

高串《たかくし》には、乙姫丸《おとひめまる》、幸福丸《こうふくまる》、大福丸《だいふくまる》、神社丸《じんじゃまる》、昇栄丸《しょうえいまる》、共栄丸《きょうえいまる》、福吉丸《ふくよしまる》、という七つの漁業船の網元がある。その中でいちばん取ってくるのは乙姫丸で、今年だけでも大漁の旗を四度もあげたそうだ。ここは、昇栄丸からいわしを受けているが、この昇栄丸は、まだ一度も大漁をしてきていないという。だから、いりこの生産高も少ない。

いりこ製造の順は、なまをこぎ船から煮場まで運んで煮る。煮上がると干し場へ持って行って干す。それから、しばらくしてかきまぜる。次ぎに、真《ま》いわし、うるめ、かたくち、あじ、などえりだす。それが済《す》むと日没までかわかす。と一口にいってしまえば、ひじょうに簡単のようだが、重たいなま上げ、煮上がったのを、前後四段ずつ乗せて急な坂を登る。これがいちばん骨が折れる。それから、干し台を小屋から運び、その上に干す。それが済むと空箱をおろす。といったふうに、干し終わるまで一息つくひまもない。

きのうがひどかったので、きょうは、肩も腰も痛くて仕方がなかった。干し終わって、四人で休んでいると、急に夕立がおそってきた。さあ、この時ほどいそがしいことはないのだ。一つ一つ入れていたのでは、とても間にあわないので、ぼくと忠君《ただし》はどんどんつみ重ねた。それを多和子《たわこ》さんと久美子《くみこ》さんが、かたっぱしから小屋に入れた。それでどうやら、ざーっとくる寸前に、取り込むことができた。ところが、すぐ下の干し場の人が、なかなか取り込みにこなかった。それで、見ているわけにもいかず、雨の降る中をつんでやった。あとでこられたが、ありがとうともいわれなかった。

八月三日（火）晴

大鶴のようすも知りたくなった。兄さんは、大鶴に帰ってこられただろうか。姉さんの仕事は見つかっただろうか。末子はひとりになって、どのような生活をしているだろう。きっとよしまさにいじめられているだろう。友だちは、どうしているだろう。

だいぶ高串にもなれてきた。きょうも朝早くから行って、薄暗《うすぐら》くなるまで働いてきた。

それからごはんを食べて、ふろに行ったりすると、すっかり暗くなって、勉強する時間がなかった。

八月四日（水）晴

晴、晴というと、いりこ製造にとっては、いちばんありがたいことだ。だが日中、太陽に照りつけられながら働く身にとっては、しぼるような汗のもとだ。

昇栄丸は、網を破って、一箱もいわしを取ってこなかったそうだ。それにひきかえ、かの乙姫丸は、大漁もまた大漁の、三千揚《あ》げてきたという。それでここは、乙姫丸から四十五受けてこられた。四十五といえば大きい。四、五百ある煮箱を全部使ってしまうのだ。

それをいない（にない）上げるのが、大変だった。しかも、十時ごろ、いわしを受けてきたので、容易にすむべくもなく、暗くなるまで、一息つくひまもないほどのいそがしさで働きつづけた。

八月五日（木）晴

製造、製造、製造か。歯をくいしばりたい思いだ。製造のつらさは、歯をくいしばり、足をふんばってがまんしよう。

しかし、この仕事で、いちばんいけないことは、勉強時間も与えられないということだ。朝も早く行けば、夕方もおそくまで働く。しかも、腕も足も肩も、痛くてたまらないほどつかれる。朝起きるのがつらいほど、つかれっぱなしだ。おそく帰ってきて、ごはんを食べる。それから、ふろにはいったり、あれやこれやしていると、寝る時間がくる。そこで寝ずに勉強してもよいが、つかれた上にすいみん不足では、明日の仕事に思いやられる。

この勉強時間がないということは、ぼくにとっては、ひじょうに痛手だ。大人の人は小さい者に、

「今のうちに勉強しておかないと、大きくなってから、『小さい時もっと勉強しておいた方がよかった』と後悔するぞ」と、よくいわれる。すると、いわれた方は、「後悔しない」とか「後悔してもかまわない」という。が、そんなことはない。大人の人は、そういう経験があるからこそ、そういわれるのだ。

ぼくは、勉強がしたくてたまらない。勉強はおもしろいものだ。わからないことでも、辞書などで調べてわかってくると、ひじょうにおもしろい。ところが、その勉強がされないのだ。きのうとおとといは、鉛筆を見るひまもなかった。日記は、今まとめて書いたのだ。

きょうは昇栄丸が、旗までは立てなかったが、大漁をしてきた。それで、五十二受けて

きた。きょうほどきつくて、つらかった日はなかった。次ぎ次ぎと煮上がるいわしを、前後四段ずつ、急な坂をいない上げるのが、どんなに肩が痛くてつらいか、当人しかわからない。ほかにいなってくれる人はなく、しまいまで、ぼく一人で登り降りした。あのじりじりと照りつける太陽の下で、汗が目にしみてたまらなかった。

八月七日(土)晴

朝起こされたが、つかれて、なかなか起ききれなかった。いわしは、二十五上がった。煮て、いない上げるのは、昼まででかんたんに済《す》んだ。だから、きょうはひまがかなりあった。それで、ぼくが船掃除もかま洗いもした。

いかやさばの煮付けで、昼めしを食べていると、ひょっこり、うれしいことがあった。兄さんが、わざわざたずねてこられたのだ。

その時、ぼくは奥の方にいたので、誰か訪ねてこられたことはわかったが、べつに気にもとめないでいた。だが、兄さんとわかった時のぼくの驚き。なぜか、涙がほろりとおちた。どんなにぼくが喜んだか、他の人には察しもつかなかった。あまりのうれしさで、急に、ごはんがのどを通らなくなった。

兄さんも、ごはんを一杯食べられた。兄さんは伊万里《いまり》へ行く途中だといわれた。それで船着場まで送って行くことにした。歩きながら話をした。切木の事は、「あそこは初めから無理だろうと思っていたので、べつに何とも思わなかった」といわれた。ものわかりのある兄さん。弟妹思いの兄さん。うれしかった。姉さんの仕事は見つかりそうな事、宮崎家の事など話された。宮崎さんは、末子も早く出してくれと頼まれたそうだ。ぼくはどうなってもよい。放浪しようと、こじきになろうとかまわない。だが、小さい末子の事がいちばん心配なのだ。末子に何ができよう。

船はすぐ来た。それで、長話もされず別れなくてはならなかった。末子のことなど話していると、涙がたえまなく出て仕方がなかった。船が出るとすぐ干し場へもどった。

八月八日（日）快晴

なつかしの学校はどうしているだろうか。

きょう八日は、ぼくの日直の日だ。学校では、学校を夏休み中あかしておくのはいけないので、生徒会役員が毎日四人ずつ交替《こうたい》で、日直として登校することになっている。そして、きょうがぼくの番なのだ。ぼくにも家があり、人並みの生活をしているなら、きょうは、夏休み最中の学校へ行って、昼からは大いに遊んで帰ってこようものを。

朝四時ごろ忠君から起された。きょうは、ぼくたちでいわし受けに行こうというのだ。

船をこぎだして、防波堤《ぼうはてい》の横のなだな（魚棚）につけた。すでに四つの船が待ちうけていた。こうして昇栄丸が沖《おき》から帰ってくるのを待つのだ。

なぜ、こんなに早くくるのかというと、早く来た者順に、いわしを受けられるからだ。あたりはまだ夜の闇《やみ》で、電灯の光だけがこうこうと輝いていた。海面がゆれると、夜光虫の光が青白くぶきみに光った。待つ間《ま》、寝るひまはあったが、眠れなかった。太陽が昇《のぼ》るころ、多和子《たわこ》さんがこられ、一人では干したりできないので、ぼくに「おりて下さい」といわれた。それで二人で干し場へ行って、干したり、えったりした。

干し終わっても、なかなかいわしはこず、来た時は八杯しかつんでいなかった。えるのが手間どったが、あとはそうまでいそがしくなかった。それで、ごはんを食べて、少し休んでから、遠浅《とおあさ》の砂浜へ泳ぎに行った。きのう兄さんが顔を見せて下さり、話もした心強さで、何をするにもはかどった。

久美子さんが多和子さんに、

「あんた、きのうおらんやったけんたい。一目ぼれするごて、きれかったとけ」と兄さんの事を話していたなり。

八月九日（月）晴

晴の日がつづく。きょうは十三杯受けてきた。一杯が煮箱に十杯になる。だから百三十箱だ。それをぼく一人で、あの急な坂をいないない上げるのだが、このいないない上げがぼくはいちばんつらい。けれど、ぼくがいなわねば誰もいなう人がいないので仕方がない。百三十箱いないないあげてしまうと、ほっとしたのかつかれが急にでてきた。一番に肩が痛い。それから足がだるくなるのだ。

昼ごはんを食べてから、忠君と、いりこ一俵を持って店屋へ行った。いりことお菓子とかえようというのだ。このようなだましを、この人たちはかんだらといっている。これはぼくと忠君だけでしているのではない。多和子さんや久美子さんが、「何か買っておいで」といわれたのだ。

店へ行くと三百円の値《ね》をつけられた。それで三百円分すいかとうりとお菓子をもらって帰り、四人でわけてたべた。すいかとうりは、今年では、はじめて食べるものだった。もちろんぼくがだ。けれど、すいかはあまりうれていなかったので、おいしくなかった。

八月十一日（水）晴

きょうは旧の十三日で、きょうから旧の盆《ぼん》だそうだ。高串は、どこでも旧盆でしておられる。だから漁船も、昨晩までで、きょうから盆の間、沖に出ないそうだ。

ぼくがここにきてからきょうまで、ずっと快晴つづきだ。そのおかげで、いわしはよくかわき、みるまにいりこに早変わりした。いわしも早くかわくかわりに、人間もたまらなかった。

きょうの受け前は十七杯だった。それをいない上げて、きのうのうるめやかたくちなどをえってしまうと、きょうも少しひまがあった。盆なので早く帰ってきた。帰ってくると、朝、母とけんかした多和子さんが、まだ寝ていた。

夜、おばさんがぼくを呼んで、

「中学一年は、八十円てばってん、よかね」といわれた。いやだといっても仕方がない。

「はい」というと、

「そいばってん、百円にしてあしたん分まで、十二日間で千二百円くるったい（やります）」といって、お金をわたされた。

八月十三日（金）晴・曇

ぼくは、もうこの家から立ちのかなくてはならない。ぼくは働きに来たのであって、仕事がなくなれば、当然出なければならない。といって、どこへ行く。やはり宮崎家へ行くより仕方がない。仕方はないが、しかし、もうあの家には行きにくい。ほんとうにめいわくかけた。お世話になった。感謝しなくてはいけない。これ以上、めいわくはかけられない。あのとき兄さんと、いつ帰ってくるかなど、よく話しておいた方がよかった。しかし、あのときは、胸がいっぱいで何もいえなかったのだ。ただ会えただけでうれしかったのだ。

あのとき兄さんは、ぼくに盆が過ぎても仕事はあるのかと聞かれた。ぼくは、あるだろうと答えた。それがぼくの不覚《ふかく》だった。仕事があるのならいいだろうと思って、兄さんは、下旬《げじゅん》すぎまでこられないかもしれない。そしたら、それまでぼくは、宮崎家にいなくてはいけない。自分でとった不覚のため、今までぼくは、後悔し悲しんできた。今度もだ。くやしくて、くやしくてたまらない。だいたい兄さんものんき過ぎる。早く来てほしいと思うときは、ぜんぜんこないで、そうまで思わないときに、ひょっこりくる。今度も、九月過ぎまでこないかもしれない。そのときは、ぼくも覚悟《かくご》の上だ。東京がぼくを呼んでいる。ぼくはいま、東京へ行こうと決心しているのだ。

日本の首都、東京。一度行って見たい。行ってみようと思う。行けばどうにかなるであろう。死にはすまい。いや、死ぬのをおそれてはいけない。まあ、行けよだ。こじきしても、東京でする方がましだ。

八月十四日（土）晴

いよいよきょうは、大鶴へ帰ることになった。ぼくは、池田さんの家から、村田さんの家まで、「いろいろお世話になりました」と礼をいって別れた。浜辺までくると、今別れるときにいた多和子さんが、先まわりして待っていた。そして、百円ぼくに下さった。「もっとやりたいのだけど、私もお小使いを、少ししかもらっていないので、これだけでこらえてね。そして大鶴へ行って、どんなことがあっても、くじけないで、しっかりやりなさいよ」と力づけて下さった。涙がでそうになったのを、ぐっとこらえた。しかし、多和子さんと別れて、県道に出て一人になったとき、「多和子さん、ありがとう。ようし、しっかりやるぞうっ」という思いがわきあがり、涙で目の前がかすんでしまった。

大鶴は盆でにぎわい、盆踊りに集まる人が多かった。家に着くと、宮崎さんたちは、有《あり》浦《うら》へ行っておられ、るすだった。そして意外にも、兄さんが帰ってきておられた。兄さんは、宮崎さんから早く出てくれといわれたといって、とほうにくれていた。それでぼくは、「東京へ行く」といった。兄さんは、さびしそうな顔をしていた。そして、「そんなら、まあ経験にもなるし、行ってみれ」といわれた。

明日二人でこの家を出ることになった。末子は、島田さんの家にあずけられた。こうして、四人はまた、ちりぢりにちって行くのだ。

9　にあんちゃん

八月十六日　月曜日　曇

宮崎さんの家にもおられなくなって、いまは、島田家においてもらっています。宮崎さんは、出ていけとは言われませんでしたが、「かぎかけていくよ」と、私たちが家にいるとき言われたのです。これは、出ていけと、まっこうからはいわれませんでしたが、けっきょくはおなじことではないのでしょうか。

私と、兄さんとにあんちゃんの三人。兄妹は一人一人、ばらばらにならなくてはいけないのです。

私の行く先さえあれば、自分はどんなにほうろうしてもよい、とにあんちゃんは言っていたから、にあんちゃんも、ほうろうをかくごのうえだったのです。私はここにあずけてもらって、にあんちゃんと兄さんは、あてのないほうろう。

十時五十分のバスで、兄さんはいかれました。にあんちゃんは、明日、十時五十分ので行かれ、唐津《からつ》で兄さんとあって、いずことなく行かれるのです。

町内の人びとは、「げたもこうてやらっさんばいね」とさんざん悪口をたたかれるのです。兄さんが出かけられたあと、なみだがとめどなくでて、かなしかった。兄さんが、いつかえってくるのか、それもわからないのです。

八月十七日　火曜日　曇

「末子、もう一生あえんかわからんばってん、元気におれね」と、いよいよ行くというとき、にあんちゃんはいわれました。

〈もう一生あえない？　そんなことがあるだろうか。ほんとうに、そんなことが――〉

「いくら、あんちゃんやおい（おれ）ばよんでも、帰ってこんとやっけんね。しっかりして勉強せんば」ともいわれました。なみだが、あとからあとから、でてきました。私のなみだを見て、

「心配すんな。死にはせんさ。どがんか（どうにか）なるよ」と、なぐさめるようにいわれました。

にあんちゃんは、とうとうあてもなく、十時五十分のバスで、この大鶴をたってしまわれたのです。

私は、きょう一日は、何をすることもできなかった。むねがいっぱいで、昼ごはんはのどを通らなかった。なみだだけが、なにを見ても、目からするするとこぼれた。泣いても、どうにもならないとはしっていても、どうしても、泣かずにはいられなかった。

にあんちゃんは、いつも、

「死ぬとぐらいは、いっちょん、かんまん（ちっともかまわない）」といっておられたので、もしや、どうにもならなくなって、汽車などにひかれたりして、死にはしないだろうかと、それが気がかりでならない。それを考えると、どうすることもできない。

私の今ののぞみは、にあんちゃんがいわれたように、ただ、しっかり勉強することしかありません。そして、一日も早く、六年生を卒業したいということです。

六年生を卒業できるころには、頭も、もっとよくなっているだろう。そして、せいものび、からだだって、今より大きくなっているだろう。そうしたら、私だって、はたらけるようになるだろうと思います。

私は、アルバイトでも、すみこみでも、なんでもいいから、自分ではたらいて、兄さんをたすけたくてたまりません。そして、一日も早く、四人そろってくらせるようにしたくてたまりません。

「あんちゃん」とよんでも、帰ってこず、「にあんちゃん」とよんでも、帰ってこない。

今は、ただひとりの私。

八月十八日　水曜日　雨

朝から雨ばかり。今ごろ、にあんちゃんは、どんなにし、どこをうろついているだろうか。どこかで、この雨にぬれているのではないだろうか。

人間は、都会に出て勉強しなくてはいけないと、おじさんたちはいっていました。でもにあんちゃんは、たずねる人もなく、たったひとりで、都会へしょく(職)を見つけに行くつらさは、どんなでしょう。

もしこれを、なくなったお父さんや、お母さんがわかったら、どんなになげかれることでしょう。私はそれを思うと、また、かなしみがこみあげてきてなりません。

兄さんだって、弟や妹をひとりずつ、わかれわかれにしなくてはいけないのかと思って、どんなに、かなしんでおられることでしょう。

八月二十一日　土曜日　晴

ねえさんの転出しょう明のことで、役場まで行きました。あつい中を、加代ちゃんと光子ちゃんに、ついてきてもらいました。手つづきは、一時間ほどかかりました。

家に帰ってきてみると、いがいにも、ねえさんが帰ってきておられました。パーマも、こんどはまるく、頭によくにあって、かみの毛は黒くつやつやしていて、色もまた前より白くなって、もう、どこから見ても町娘です。でも、かわっていないのは、いつものやさしい笑顔《えがお》です。

私は、きょうはとまって行かれるだろうと、よろこんでいましたのに、四時のバスで帰ることになりました。

ねえさんを、バスのていりゅう所まで、おくって行きました。

バスにのられる時、ねえさんは、

「末ちゃん、なにも心配せんでよかとやっけんね。そして、ねえちゃんも手紙だすけん、あんちゃんやら、にあんちゃんから手紙がきたら、じゅうしょ教えてね。さようなら」といわれました。

むねにこみあげるものがありました。

バスが出るまで見おくるつもりで、じっと立っていると、ねえさんは、また、おりてこられました。そして、私に百円さつを一まいくださいました。

「ねえちゃん、よかと?」というと、ねえさんは、

「よかよか、ねえちゃんは、こづかいいらんけん」といわれ、「島田さんにきらわれんご

て、なんでも、ようとせんばいかんよ」とやさしさをこめて、さとしてくださいました。

なぜか、ねえさんが、いじらしいような気がしてなりませんでした。

にあんちゃんとわかれて四日目。

おとといのばん、東京についただろうということです。どこか、はたらくところは、見つかったでしょうか。もし、しょくがないとすれば、あしたごろは、死んでいないだろうかと、それを考えると、かなしくてたまりません。

今まで、しあわせになれますようにと、おいのりしていましたが、今は、にあんちゃんが死ぬようなことがないようにと、いのるばかりです。なぜか、永久にあえないような気がして、むなぐるしくてたまりません。

八月二十三日　月曜日　晴

きょうは登校日でしたが、私は休んでしまいました。朝ごはんがおそかったのです。

私が目ざめたときは、六時ごろでした。かまどで火のもえる音がしていました。見ると、おじさんが、ごはんをたいておられました。

おばさんはきのう、おじさんとふうふげんかをして、家を出て行ったきり、家にはいないのです。どうして、ふうふげんかされたのかはしりませんが、でも、おばさんがいる時でも、おじさんがたいていることが、なんどかありました。

おばさんは、いま自分の生みの親のところ、上野町《うえのまち》の福田さんの家にいるとのことです。

赤ちゃんは、つれて行っておられるので、今この家は、私までで四人です。

清ちゃん、五つ。洋子《ようこ》ちゃん、三つ。

おじさんは、

「なあもせんでよかけん、勉強せれね」と、私に勉強することを、すすめてくださいます。

三十歳ぐらい。

にあんちゃんとわかれて、六日目。

〈にあんちゃん、にあんちゃん。どんなになっているの。私はにあんちゃんを思って、毎日泣いています。そして、幸福をいのっています〉

にあんちゃんだって、兄さんをしたって、さめざめと泣いていることでしょう。

八月二十六日　木曜日　晴

二十二日にけんかして、家を出たおばさんは、まだ帰ってこられません。

五時ごろ、おじさんが家に帰ってきたかと思うと、おしいれから、おばさんのよそいきのきものをとりだして、

「こいば、春子に持って行ってやれ」

といわれました。

これは、なぜかというと、春子おばさんが、どこかにはたらきに行きたいけど、きものがないから行かれない、といったということを、おじさんが、どこかで聞いてこられたそうです。それで、おばさんは、てっきり帰ってこないのだと思って、されたのだと思います。ところが、私がきものを持って行くと、福田のおばさん、つまり、春子おばさんのお母さんが、ひどくおこりだされました。

「どうせ、はいるとけ、はいらせん言うとか、うん？　島田は、なんて思うとるとか、うん？」

と、私を、まるで島田さんのようにして、にらみながらいわれるのです。

私は、そんなことはしりもしないので、

「さあ、わからんもんね」と、ほほえむようにしていうと、こんどは、なお声を高めて、なにごとか、ぺらぺらといいはじめられました。そして、その中に、ときどき、「うん？　島田はなんて思うとるとか、うん？」といわれるのでした。

私は、帰るに帰られず、「さあー」というばかりで、こまっていると、そこへ春子おばさんが、おくから出てこられ、こんどは親子づれでいいはじめられたので、私は、「さようなら」といって、帰ってきました。

にあんちゃんとわかれて、九日目。

もう、どうにかなっているでしょう。

八月二十七日　金曜日　晴

ここでは、清ちゃんたちのため、やかましくて勉強できないので、記代《きよ》ちゃんとこに行って勉強し、十一時ごろ帰ってくると、家にはだれもいませんでした。おもての戸はあいているのに、おじさんも清ちゃんたちもいないのです。みんなどこへ行ったのだろう、と思っていると、そこへ光子ちゃんがきて、

「洋子ばつれにこいて、ねえちゃんが」といわれました。春子おばさんのことです。ここの春子おばさんと光子ちゃんは、ほんとうの姉妹なのです。それで、光子ちゃんの家へ行くと、おばさんがでてきて、

「あんたはなんばしよっとか。洋子はぬくかとけ、なあもささんで（あついのに、なにもさせないで）。少しぐらいみてやれ」と、いきなり、頭ごなしにしかりつけられました。

急に兄さんがこいしくて、なみだがでました。

「学校行く時は、しかたなかばってん、勉強せんで洋子ば見てやれ。かわいそか、ぬくか

とけ。かわいがれ少しぐらい」と、まるで私を、わが子のようにしかりつけ、こわい目をして、つめたくにらみつけられるのでした。

私は、こんど兄さんが帰ってきたら、もう家をかえてもらいたいと思いました。でも、そのように、ここはいや、ほかに見つけて、といえるものではないのです。ほかに行く先はなく、ここでも、やっとおいてもらっているのです。自分の家がないということより、かなしいことはありません。私は、家に帰ってからも、かなしくて、泣くのがとまらず、へやで一時間ぐらい泣きぬれて、たおれておりました。私が勉強しに行く時には、おじさんが、おられたので、そんなことは、なにも考えませんでした。それが悪かったのかもしれませんが、でも、そんなに、頭ごなしにしかりつけなくても、いいのではないでしょうか。それに、勉強するなという人が、二人といるでしょうか。勉強することができないなら、私のばかな頭は、いっそうばかになるでしょう。

兄さんがこいしい。

にあんちゃんとわかれて、十日目。

まだ、だれからも、たよりはきていない。

八月二十八日　土曜日　晴

きょうは、一日中、子守りばかりで、なにをすることもできませんでした。

「清たちが、昼間外に出ると、あせこ（あせも）がでるから出すな」と、きのう、おばさんからいいつけられたのです。

けれど、子供が昼間外に出ないで、家の中でしんぼうしているものでしょうか。

二人して外に出るという。出したらしかられるので、いけないといって、いろいろいってきかせても、あまえにあまえてそだったものだから、どうしても出るといって、ちっともいうことを、きいてくれようとしない。清ちゃんは、きいきい声をあげて、私をせめる。そうかと思うと、洋子ちゃんが、くすんくすんと泣きべそをかきはじめる。泣かせたら「あんまい、泣かせんしゃんな」としかられそうだ。とうとう、私がはんたいに泣いてしまった。

こんな時、手紙でもくれればいいのにと思ったが、どこからもこない。私が、どれだけ兄さん姉さんこいしく、毎日泣いてくらしているか、しってもらえるだろうか。

兄さんたちは、手紙をいったい出してくださるのだろうか。兄さんとねえさんにあえるのは正月。あと四ヵ月。それまで私が、ひとりぼっちでしんぼうできるだろうか。

「あんちゃーん」と、思いきりよんでみたい。にあんちゃんとわかれて、十一日目。

〈にあんちゃん、幸福でいてね。そして、まっててね。あえる日まで〉

八月三十日　月曜日　晴

ああ、なんということでしょう。東京へ行ったにあんちゃんが、東京のけいさつしょで、今までほごされていたというのです。

東京から大鶴に電話がかかってきたということでした。登録証明を見せてくれといわれたそうで、おじさんが持って行かれました。

おじさんは、少しふくれたような口ぶりで、

「おれは、はじめからちゃーんとしっとったよ。どうせ、またここにくるよ。いなかものが町に出て、としも少なかとに何ができるか」と、私に聞こえるようにいわれました。

私は、心配でたまりませんでした。それは、にあんちゃんは、何か悪いことをして、けいさつにつかまったのだろうかということと、もし、そうだとしたら、おじさんがはらだちまぎれに、みんなにいいふらしはしないだろうか、ということでした。けれど、おじさんが帰ってこられ、おじさんの話を聞いて、その心配はきえて、むねをなでおろしました。

にあんちゃんは、悪いことをしてつかまったのではなく、ただ、こんな少年がどこから来たのだろうと、おまわりさんにあやしまれ、それから、いろいろと事情をきかれて、ほ

ごされているだけだということです。

私は、にあんちゃんにあいたくてたまりません。一日もわすれることのできなかったにあんちゃん。にあんちゃんの話がでたので、よけいあいたくてたまりません。

生活はまた、こまるかもしらないが、にあんちゃんが帰ってきたら、私はどんなにうれしいでしょう。

わかれて十三日目。今ごろは、東京のけいさつしょでどんなにしているのでしょう。

八月三十一日　火曜日　晴

長い夏休みも、きょうで終わりです。みんなは夏休みの間に、工作など作ったでしょうが、私はなに一つ作っていません。図画と習字を二まいずつ書いていますが、持って行くまいかと思っています。かんじんの夏休み帳を、学校へ行けなくなったので、切木へ行く時、やぶってもやしてしまったのです。ここへ来て行けるようになりましたが、もやしてしまってないのですから、もうしかたがありません。

ここへ来てから勉強したのは、まず日記と作文。それから、かん字の書き取り、習字、図画、これだけです。かいがら集めをしようかと思いましたが、上にはる紙はあっても、下にひく箱がないのでやめました。あまりになにもしていないので、先生からしかられそうですが……。

明日からは、今までのかなしみも、学校できえるでしょう。学校は私の天国です。かなしみもなやみも、学校でみんなと勉強したり、遊んだりしていると、きえてしまいます。私にとって、学校ほど楽しいものはありません。学校へ行きだせば、今までのかなしみもなやみも、明日からは、少しずつへっていくことでしょう。そう思うと、うれしい心になります。

にあんちゃんは、どんなになっただろう。

わかれて十四日目。おくりかえされるかしら。それとも、しょくにつくのかしら。

このごろは、にあんちゃんのことで、心がもちきれている。学校へ行けないにあんちゃん。私は、にあんちゃんを学校へ進ませたくてたまらない。

九月一日　水曜日　晴

二学期です。学校へ行くとみんなもう集まっていました。だれってことはなく、だれの顔を見ても、そう色はやけていません。

正面げんかんを見ると、新しい上等のピアノが目につきました。立てしきのピアノです。これをかうのに、お金が二十六万円もかかったそうです。

教室では、新しい委員のせんきょがありました。私は、入野《いりの》聖子《としこ》さんと、草野七郎さんをとうひょうしました。二名ずつ書いていれるのです。とうひょうがおわると、すぐかいひょうです。「安本」と、一ぴょう出た時、むねがどきっとしました。それからずんずん、こくばんの「正」の字が、二つできあがり、三つできあがり、また、できようとしていました。そのあいだ私は、心がよろこびともつかず、心配ともつかず、ふるえていました。

みんなのかいひょうがおわり、点数を計算して、委員はきまりました。

男子が、山口駿一《やまぐちしゅんいち》。草野七郎。

女子は、入野聖子さんと、私。

とうひょう点数は、私が二十四ひょう。入野さん十五ひょう。山口さん十七ひょう。草野さん十一ぴょう。私がさい高点で、二番の山口さんを、七ひょうはなしていました。

私は、うれしく、はずかしく、たとえられない気持ちでした。そして、ほんとうにみんなが、私をそんなふうに思っているのだろうかと、うれしい心の中で、ふしぎな気もしました。

ほんとうに先生もみんなも、私を見ては笑っておられました。

にあんちゃんとわかれて、やっぱり、学校ほど楽しいところはありません。

まだ、けいさつしょにいるのでしょうか。十五日目。

　または、もう、どこかではたらいているのでしょうか。それとも、やはり、おくりかえされるかしら、あいたくてたまりません。

九月三日　金曜日　晴

「末ちゃん、あんたよ、ちょっと（かりに）島田さんがたが、なおって行かしたら、あと大鶴で、だいがた（だれの家）に行きたたか？」と、私はきかれました。きいた人は、美濃《みの》部《べ》良子《りょうこ》ちゃんです。

　六時ごろ、ふろやの前でした。

「そうねエ？」と私は、考えるふうにいいましたが、すぐ牧原《まきはら》さんの家がうかびました。

〈大すきな記代ちゃんがいる〉

　それを頭にえがいていると、

「うちがたにくるもんね」

　と良子ちゃんがいわれました。

「もし、兄さんのゆるしがあったらね」

と、私はへんじをしましたが、心では、

〈牧原さんとこに行きたいといわないで、よかった〉と、よろこびました。

二番目に、良子ちゃんの家を考えていたのです。良子ちゃんとこの、おばさんも京子ねえさんも、大すきです。たまに、遊びに行った時でも、勉強のこととなると、なにからなにまで、ねっしんに教えてくださいます。

家ぞくは五人で、お父さんがおられません。戦死されたのです。けれど、おばさんをはじめ、京子ねえさんも都《みやこ》ねえさんも、病院などではたらいておられるので、生活はゆたかといっていい方なのです。

良子ちゃんは、

「うちにきたいなら、いつでもきてかまわないと、お母さんたちが話している」と、いわれました。そして、兄さんがらくになるまでおってよい、といわれるのでした。

私はそれを聞いて、心からうれしく思いました。これから、いよいよ私たちにも、運がひらけてくるのではないだろうか、と思ったほどです。でなくても、ほんとうには行かなくても、そのお話だけでも、ほんとうにありがたいことだと思いました。

私たちを、むかしからしっておられる美濃部さんとこは、ほんとうにすきです。

にあんちゃんとわかれて、十七日目。

あれからあと、なんにもいってこない。

学校の帰りがけに、つつみの所で、海の遠くの方を見ていると、なぜか切木の思い出がなつかしくうかんで、にあんちゃんがこいしかった。今ごろは、どんなにしているのだろうか。

今は、みんなでくろうをしているけれど、きっと私たち兄妹四人の上にも、明るいともしびがいつかひかると信じています。

解説

杉浦明平

炭鉱は跡形もなし

何もなかった。これほど跡形もなく何もかも消えうせていようとは思わなかった。昭和三十三年廃山になってから、まだ、たった十年もたっていないではないか。なるほど道端にベトンの坑口が雑草に埋もれ、ボタ山が入江のむこうに三角形の頭にうっすら草をはやしているし、足もとには炭を積みこんだ船着場がのこっている。そして狭い入江を渡る索道用のコンクリート橋は半分ほど白い残骸《ざんがい》をさらしている（半分は木造だったから、朽ち落ちてしまったのだそうだ）。それ以外に杵島《きしま》炭鉱大鶴《おおづる》鉱業所の跡は何一つみえない。

東京で「何も残ってはいませんよ」と安本東石さんからいわれてきたけれども、これほど何もないとは予想しなかった。仮屋《かりや》湾の深い入江にそうた狭い埋立地に、昔の炭鉱住宅の形見とおもわれる一かたまりのひしゃげた長屋、そのうえには段々畑と、「耕して天に至る」は、ややオーバーにしても、だんだんと丘の中腹までのぼっている田んぼ。さびれはてた谷あいの一寒村の風景しかない。

旧炭住に生活保護をもらってひっそりくらしている三十戸の人々も、八年前とはすっかり代がかわって、炭鉱時代を知っていなかった。四千人といわれた大鶴炭鉱従業員とその家族は、みんなほこりのように風とともに吹散ってしまったのである。近くの部落でも、安本兄妹を知っているひとに出会うことができなかった。

それでも、やっと旧炭住のなかで鉱業所の労務係だったというOさんをさがしだした。そしてOさんの案内で、裏山にけわしい道というのか水の流れた跡というのかを登ってゆくと、すすきと葛《くず》とに囲まれた段々畑、ちょうどカボチャのすがれた蔓《つる》やキビの茎が一隅にかきあつめられてある空畑を指して、「ここが上野町」「ここが朝日《あさひ》町。安本さんは上野町から朝日町の住宅に移られた」といわれても、茫々《ぼうぼう》と穂の立っている雑草の丘しか、わたしのまえには存在しなかった。

大鶴炭鉱などというのは、いまでは、まったき幻影でしかなくなったのである。Oさんは、「安本さん（お父さん）は子どもたちにはやさしかったが、焼酎《しょうちゅう》がすきで、よく休み、よい炭鉱夫じゃなかった。それで子どもさんたちは苦労したんですたい」と労務係らしい意見をつけくわえた。

大鶴炭鉱は夏草に埋もれた幻となってしまったけれども、十歳の少女、安本末子の日記

『にあんちゃん』は、まだ確固として実在して、読者に感動をあたえてやまないのである。

そして、この日記は、

〈きょうがお父さんのなくなった日から、四十九日目です〉という句からはじまっている。そのとき長兄東石は二十歳で、一家を背負わねばならなかったけれど、朝鮮人だからということで特別臨時雇としてしか使ってもらえず、数時間残業しても一人前の賃金がもらえない。十五歳の姉、五年生の次兄（にあんちゃん）高一、末子は小学三年生だった。それだけ並べれば、これから一年半にわたってつづくこの日記で何がおこるか、いくらか予測できるにちがいない。

安本一家は生活保護をうけていない。兄の賃金だけでは食べてゆけない。雨ガサ一本こわしたことが心配のたねになる。教科書を買うにも金がかかる、「なんでこんなにお金がいるのだろう」と十歳の女の子は考える。それどころかみんながみんな弁当をもってゆくこともできなくなる。たまたま弁当をもってゆく順番に当たった妹は、

〈私がひもじいなら、にあんちゃんだってひもじいだろう。しかも男だからとびまわっているし、そのうえ、六年生なので帰りがおそいから、なお、はらがへるだろう〉

と、考える。

〈「にあんちゃん」とよぶと、すぐわかって、こちらにやってきました。……

にあんちゃんがきたので、

「末子たべんから、べんとうやるけん、とりおいで」というと、

「そがんことせんで、おまえたべれ」

といってしかられました。

にあんちゃんだって、ひもじいのです。それでも、私を思ってたべないといわれたのです。にあんちゃんがたべなかったので、私もたべませんでした〉

事態はさらに悪くなる

それは悲惨な生活の序の口にすぎなかった。炭鉱にスト（臨時雇には賃金が支払われない）がおこり、次いで首切りがくる。臨時雇の東石は解雇される。そして炭鉱住宅のおきてにしたがって離職すると同時に社宅を追いだされなければならない。長兄は職を求めるのに一生けんめい、長崎で就職しても、弟妹三人を養うだけの収入はない。姉は子守奉公に、高一兄さんと末子は炭住の宮崎さんという家に厄介になる。社宅は二間しかない。宮崎さん一家は夫婦と幼い子ども三人の五人家族。そこに安本兄妹がはいってくる。食費だって十分に支払われたかどうかわからない。

半年もたったころの日記に、こう書いてある。（片かなの部分は原文ローマ字）

〈兄妹四人は、苦運のどん底におちてしまいました。兄さんの職がないのです。それどころか、家だってないのですから。
ここ（宮崎さんの家）にはおられませんのです。なぜかって、きのどくだし、おれといっても、こっちからことわります。なぜかというと、ワタクシガシゴトヲシナイカラカモシレマセンガ、ワタクシノワルクチヲ、イッテオラレルノデス。ワタクシニハツメタクアタルノデス。ソレモニアンチャンノオラレナイトキダケデス。「ビンボウ朝鮮人、デテイケ。オイガタノイエニオラセン」といわれるのですから、おればつめたい目でにらまれて、やせるばかりです〉
ただ、学校へいけば、たのしかった。にあんちゃんは「たいてい百てんばかりで、八十二てんがさいてい」という優等生、末子もクラスの信望をあつめて学級委員にえらばれ、先生や友だちから暖かい目で見守られている。病院の一人娘の誕生日には招待されてごちそうになるし、「こまったら家へいらっしゃい」とさそってくれるひともいる。
というものの、一家の状況は、いっこう好転するどころか、ますますどん底にころがりこんでゆく。ここから日記は、にあんちゃん高一のものにかわる。ようやく長兄は、弟妹二人の住む部屋を見つけた。二人が兄についていったのは、大鶴から約十キロもはなれた切木《きりご》村の、バス停から約二時間も歩く山のなかの炭焼小屋だった。そこの主人は、もと大鶴炭鉱に働き、同じ町内に住んでいた閔《ぶん》さんという朝鮮人である。が、電灯も何もない山中で、飯もろくに食べさせず、おかみさんは当り散らす。

とうとう四日目に兄妹は荷物をかついで逃げだす。切木は、幾重にも低い丘のかさなるほとんど人家のない山のなかだが、一文なしの二人は、その山のなかをもとの大鶴へてくてくと歩いて引きかえす。こうしてまたもや宮崎さんの家にころがりこむ。

夏休みだから、にあんちゃんは高串《たかくし》のいりこ製造場へアルバイトに出かける。女たちの間で、朝から晩まではげしい労働。ときには、いりこ俵をもちだして、店屋に売り、スイカやウリや菓子を買って、働く仲間どうしで食べたりする。つらかったろうけれど、この本のなかでいちばん明るいページである。そのアルバイトがお盆をかぎりに終わると、にあんちゃんは覚悟する。

〈東京がぼくを呼んでいる。ぼくはいま、東京へ行こうと決心しているのだ。日本の首都、東京。一度行って見たい。行ってみようと思う。行けばどうにかなるであろう。死にはすまい。いや、死ぬのをおそれてはいけない。まあ、行けよだ。こじきしても、東京でする方がましだ〉

にあんちゃんは、いやだとおもえば、さっそく切木の山のなかから大鶴にもどったとおなじように、決心すれば、そのことを行動に移すのだ。

宮崎さんの家におられなくなった兄妹は、同じ住宅の島田家においてもらう（ここからまた末子の日記にもどる）。長兄がこういう始末をして立去った翌日、にあんちゃんはバスにのって、あてもなく東京へたつ。なみだを流す妹にたいして、「心配すんな。死にはせんさ。どがんかなるよ」となぐさめて。「死ぬとぐらいは、いっちょんかんまん（ちっともかまわない）」というのがにあんちゃんの口ぐせだった。

こうして長兄は門司《もじ》に、姉は唐津に、高一兄さんは東京へ（しかし東京から警察に保護されているという連絡があった）、末子はひとり大鶴で、五年生の二学期を迎える。兄妹四人はバラバラになって、いつ相会えるかもわからない。そういうぎりぎりの状況で、

〈今は、みんなでくろうをしているけれど、きっと私たち兄妹四人の上にも、明るいともしびがいつかひかると信じています〉

という願望をもって、日記は終わっている。

からりとした記述

職もなく、家もなく、しかも病気にかかり、一家離散という極度の悲惨な生活が安本兄妹を襲っている。貧乏と空腹とは、この本の主題みたいに、終始、この少女の日記のいたるところに姿をみせている。そして少女はべつに社会の矛盾を批判しているわけでも、訴

えているわけでもない。しかもしばしば少女らしい感傷的な詠嘆に陥ることもあるにもかかわらず、印象は陰惨でも悲惨でもなく、透明なのだ。

貧窮のどん底という状況が丹念に記録されているのだから、明るいなどとは、けっしていえないけれども、貧をてらったり売りものにしたりしないで、少女の目と耳と心とで感じたままに記述されてあるから、読者のなかにもすなおにはいってきて、いやらしさやさもしさがおこらない。それがこの日記のすぐれたところなのである。

しかもそのどん底のなかで、四人の兄妹がおたがいに深く信じあい頼りあって生きている。そのことは、右の引例においても、一端がうかがわれようが、吹きだまりに吹きよせられたまずしい若い兄妹が、おたがいに小さな愛情であたためあう姿は、やはり心を打たずにはおかない。しかも消極的にちぢこまっているのではなく、にあんちゃんのように、どんな窮境に立たされても、それをはねかえしてゆく根性に貫かれている。

末子も、「悲しい」と口ではいうが、けっして卑屈にならず、たいていのばあい、自分をおし通しているのである。クラスの友だちから信頼される理由がわかる。この精神が、この悲惨になるはずの日記を、そうさせなかったのだ。

もう一つ、末子の子どもの目が、いつも曇らず狂っていないということもいいそえねばなるまい。四年生の受持の滝本先生は、はじめは言動ともに荒っぽいけれど、末子にたいしてはかなりの同情と理解をもって接し、らいらくな田舎風のいい教育者のようにみえる。が、しかし、末子は、友だちが「いやらしか、滝本先生ね。あんた、滝本先生、女すけべよ。女でもね、社宅の人や、金持ちの人ばっかりひいきさすよ。そいけんよ、あんたは、びんぼうやろが、そいけん、あんた、しっかり勉強せんばきらわれるよ」といったことばを忘れない。そして、

〈私は、金持ちの人をひいきするなんて、いやです。……

私は、滝本先生がひいきされるときいて、きいた日から、滝本先生がきらいになりました。……

なるほど、先生は、Mさんや、Fさんたちを、びんぼうの人をのけて、すこしかわいがられました。おにごっこをするときも、金持ちの人ばかりうたれ、金持ちの人とだけしているようなものです。金持ちの人が先生の足をふむと、「あらっ」というだけですが、びんぼうの人が足をふむと、女も男もおごりまくられました。

この時から、滝本先生の心がわかりました。私は、先生が、金持ちの人をしかられていたのをみたことがありません。遠足に行く時でも、Mさんと、Fさんを両はしにつかまらせていかれました。……Fさんたちは、ちかよろう、ちかよろうとかまえておられるのです。先生は先生で、Mさんたちをちかよらせよう、ちかよらせようとかまえておられるの

です〉

こういう貧乏人のリアリズムが、この日記をひきしめているといっても、いいすぎではなかろう。

貧乏の意識はうごいているけれど、この本のなかには、朝鮮人としてのコンプレックスがまったくない。社宅でも学校でも、みんな差別をしていないのである。会社は、東石を朝鮮人のゆえに本採用しないという差別をしているけれど、坑夫のあいだには、一般に、そういう差別はきわめて少ない。とくに、佐賀の鉱山には差別がなかったらしい。

原文どおりの編集

もともと、この日記は公表するつもりのものではなかった。末子はせっせとノートに日記を記して、遠くはなれている長兄に送ったり、特別親しい友人や先生にも読ませたりしているが、それだけのものであった。しかしはじめから妹の日記のもっとも純粋かつ熱心な愛読者であった長兄の東石が神戸で肋膜《ろくまく》を冒されて寝こんだとき、あらためて末子の古いノートを読みかえして、「この日記はすばらしいんだ」と、出版を思いたった。かれは書店にいって、どの出版社にたのもうか思案したが、『少年期』とか『愛は死をこえて』を出している光文社ときめたそうだ。かんじんの末子は日記の公表に強く反対したが、東石は十七冊の日記帳を一まとめにして、光文社出版局あて送り出した。それは昭和三十二年十二月のことだから、執筆されてから四、五年の後になる。

しかし出版社のほうでも、すぐに承諾したわけではなかった。十七冊のノートは、しばらく放置されていた。が、この社には、人間記録のなかでも愛情ものでヒットしてきた伝統があった。しばらくほうってあったところ、かの有名な神吉出版局長（当時・現在は社長）が、「あの日記はどうしたか、持ってきてくれ」と、みずから読んで、これはいける、と結論を出して、編集者に渡した。

編集途上でぶつかった難関は、実名をそのまま用いるかどうかということだった。とくに長いこと世話になった宮崎さん—どんなにつらい思いをしたにせよ、宮崎さんじしんがじぶん一家さえもてあましているところへ、高一、末子の二人を背負いこんだのである。いかに気の毒だったか、東石も心得ていた—や滝本先生に迷惑がかかりはしないか。右に引いた滝本先生にかんする一節は、どうしても削除してもらいたいという主張にもかかわらず、原文どおりという編集者の意見におしとおされた。もちろんノン・フィクションで、個人的な迷惑を配慮しすぎると、往々にして角をためて牛を殺すことがおこりやすい。

この本のばあいにも、すべて本名でゆくという方針は、記述のリアリティーを保証することになった。この本から、宮崎さんの冷たい仕打ちや滝本先生の性格描写をのぞいたら、

「こんなにも混濁した世のなかに、暖かい思いやりを交わして生きぬく兄妹のけなげな姿」「かぎりなくいとおしく美しい」というお涙ちょうだいの純情物語しかのこらなかったのではなかろうか。

『にあんちゃん』というのは、いい名前だ。東松浦地方で一般に用いられていることばとおもったら、そうではなかった。末子が「高ちゃん」と呼んでいたら、父親が二人目の兄だから、にあんちゃんと呼ばせることにしたのだそうだ。そういわれてみれば、そういう家庭的なあたたかさをおびているようにも感じられる。

それはともあれ、しばらくほこりをかぶっていた末子の日記がついに救い出されて約一年目に出版されたとき、この題名の評判がよろしくなかった。「にあんちゃん？　ネコの本か」というようなことで、さすがのカッパ・ブックスもさっぱり売れなかった。ただ、読者からくる投書は、売れ行きと反比例して、きわめて熱いもので、

「私は今、ほんとうに生まれてはじめてというほどに、感激にふるえています。読んでゆくほどに、頁をめくるほどに、胸がいっぱいになって、ただ涙をぼとぼと落としながら、泣きながら……」

といった調子である。そういう手紙の主は校長や母親や大学生だったから、出版社は大いに気をよくして、取次会社の幹部を寄せて、読者の手紙を読みあげ、「心の灯をともす

ようないい本」というキャッチ・フレーズでハッパをかける。と、取次会社の方も、書店を集めて販売会議をもち、『にあんちゃん』の宣伝につとめる。

このように出版社がさかんにハッパをかけているさいちゅう、NHKラジオが『にあんちゃん』の放送をはじめた。それはテキストの朗読ではなくて、筒井敬介の脚色による連続ドラマであって、午後六時から子ども向けに流された。テレビ放送もこの年（三十三年）受信機百万台を突破していたけれど、マスコミの王座は、まだラジオと映画によって占められていた。しかも筒井の脚本はたいへん出来がよかった（ということは、原作にドラマ化に適した素材がいっぱい含まれているということだが）うえ、NHKのゴールデンアワーに放送されたので、反響は大きかった。読者の投書のなかにも「NHK放送で家族みんなで涙を流し」原作を購読したというのが少なくなかった。

不屈なエネルギー

ある小学校では朝礼のとき、校長先生が『にあんちゃん』を推賞したし、ある中学では英語の先生が英語の教育を一時間休んで、にあんちゃん兄妹の話をしたなど、教師が宣伝普及の媒体として活動しているのも、興味深い。時は安保反対運動の前夜にあたっているが、すでに教員の政治活動はおさえられて日教組の動きも半ば麻痺《まひ》状態に陥っていた。

『にあんちゃん』には、兄妹美談みたいな心あたたまる要素も強くて、修身の教材となりえないではない。しかも、どんなに貧しく苦しい状況に追いこまれても、少女の日記には政党的予見も偏見もない。貧乏人のリアリズムはあっても、反体制的意識、思想がないのである。

先生が『にあんちゃん』をとりもったのは、一つには新しい道徳科の教科書としてであったろうが、もう一つには、政治活動を弾圧された教師たちのささやかなレジスタンスではなかったかとおもわれる。とくに貧乏の被害者にならぬ、にあんちゃんのたくましさは、なまじっかな新教育学の紹介よりも、はるかに被抑圧階級のエネルギーの不屈さをつたえているのだから。しかも思想的色彩がないから、教育委員会の監督の目にたいしても安全である。

このように『にあんちゃん』は学校から家庭にひろがる……ここまでくれば、もうベストセラーにはいる。日本の『クオレ』『アンネの日記』日本版等々として。

そして週刊誌が、このトピックを追っかける。朝鮮人の失業者、次から次へとおそう苦難のなかを、強く生きぬいてゆく兄妹四人の愛情、こういう絶好の話題にとびつかぬはずがない。そのころ安本兄妹は神戸に出て、長兄は沖仲仕の重労働から肋膜で倒れ、姉はパチンコ店に働き、次兄は昼間働き、夜は夜間高校にかよい、著者は中学三年生。しかし四人はやっといっしょに三畳一間でくらしていた。著者は、マスコミに追いまわされはじめた。

そういうブームがややおさまりかけたとき、今村昌平監督の映画『にあんちゃん』が出る。この映画は、雑草のようなエネルギーにみちた、にあんちゃんのど根性に焦点をしぼった傑作だった。原作からかなりはなれているようにみえるものの、じつは校長先生たちからうっかり見逃がされている、もっとも重大なエネルギー源がつかみ出されたのであった。

こうして『にあんちゃん』は人気をまた盛りかえして、三十万部—四十万部—五十万部を記録した。当時高校生だった末子のところへきた手紙が六千通というのだから、いかによく読まれたか、推察できよう。小学生や中学生のファンも少なくなかったのである。そして、月間ベストセラーズ表から名前が消えたのちも、この本は年々五千部ないし一万部の増刷をかさねて現在、合計六十三万部に達している。

彼女の母国でも『クル・ムン・フルゴ（雲は流れて）』という朝鮮語の訳本が数種類出版されて十万部を売るとともに、映画化されたという。

しかし有名になるにつれて、嫉妬《しっと》や羨望《せんぼう》や中傷の渦がまきおこる。彼女は「有名になりたくない」と、マスコミに浮上がることをかたく拒みつづけたし、「生活がらくになるとは、こんなに退屈なことなのか」と嘆息したともいう。いかにも『にあんちゃん』の著者らしい。

兄の東石さんは「でも、この出版のおかげでありがたいことがありました。わたしはゆっくり療養できて健康にもどれたことです。それから、高一と末子とが進学できたことです」といった。いまでは、お嫁にいった姉さんをのぞいて、東京につとめる東石さん、早大文学部を卒業してやはり東京につとめる末子さん、アルバイトでおくれて目下、慶大に通学中のにあんちゃん高一君の三人は、まずまず平安な生活を横浜の家にもっている。

しかし大鶴には分教場も寮も病院も何もなかったし、彼女を知るだれもいなかった。Oさんの話によると、宮崎さんは杵島炭鉱にかわってから、この本が出て、つらい目にあったそうだ。滝本先生は先生をやめて唐津市役所につとめているという話だったが、会えないでしまった。考えてみれば、この本は安本一家の離散と貧窮の記録だけではなく、いま北九州一帯にひろがっている目を覆いたくなる廃鉱と、そこに働いていた炭鉱労働者全体の運命の予言ではなかったろうか。

—「朝日ジャーナル」昭和41年10月2日号より—

絶対的に甘く美味《うま》いぜんざいの存在

崔　洋　一
（映画監督）

杉浦明平の解説は、時を経て色あせることなくこの日記の全体像を捉え、時代に翻弄《ほんろう》されながらも家族の絆《きずな》によって永遠の記憶への旅程を歩む兄弟姉妹の身体からの言葉を深く紡ぐ。

杉浦の揺るぎない同時代的批評精神に敬意を表する。

六つ違いの読み飛ばし

それは、ずっと追憶のようなものであった。

安本末子の日記『にあんちゃん』が出版された昭和三十三年にはまだ九歳だった。

どこを向いても道ばたに転がる石ころのように小汚いガキがうじゃうじゃといた貧乏な時代である。地つきの百姓の子どもたちが、わらわらと移住してくる勤め人子弟に圧倒的に侵食されながらも、土地持ちのプライドを放棄できない。ただし、それは戦後農地解放の恩恵であるのは誰もが知るところではあるのだが……目くそ鼻くそを笑う体の雑居都市東京の片隅、練馬の小学生たちのアホな子ども戦争がかろうじて残っていたころの話。母親が『にあんちゃん』を熱心に読んでいた。日々感動しては、見てきた様に炭住生活のディテールから始まり九州炭坑史へと一気に飛び、侵略戦争とその歴史的背景についてやや事大主義かと疑われる理屈を九歳のガキに強烈に注入する。炭鉱の零落とエネルギー転換期の戦後資本主義を完膚なきまでに粉砕し、また、興奮し泣くのである。ちなみに我が母、熊本生まれの日本人。

パラパラとめくる。

作者の安本姓が朝鮮人の通名だな、とすぐに理解できた。ある種の緊張は確かにあったと思う。我が家は、母方の姓を使い、通名で取りあえずの日常があるという、非日常的生活感は織りこみ済みであったからだ。

知らない土地の知らない少女を頭に描くが、浮かんでくるのは遠くに佇《たたず》み、襤褸《ぼろ》をまとったおぼろげな姿だけなのだ。

翌年、落成したばかりの講堂兼体育館で見た映画『にあんちゃん』はやたらと心が重くなる出来事になる。今村昌平の名作といわれるこの兄弟姉妹の愛情物語がどうしてもしっくりこなかった。兄弟姉妹の妙な楽観と典型的な流転の悲哀を、腹の底から笑い泣き楽しんだとは言えなかったのだと思う。

そして、それは時とともに遠い曖昧《あいまい》な存在となり、が故に急進的な民族心の発露、すなわち「在日」である、あるらしい自己規定への一種の観念として記憶される。これは、正直に言えば実に拙《つたな》い。そして、多分、狡《ずる》い。

それから三十五年（一九九三年）。拙作『月はどっちに出ている』で、若き日の尖《とが》ったリゴリズムを、何気なく、とっても軽く止揚させた気にはなったが、それはそれでいつか誰かの〝認識〟という手垢《てあか》になるのだろう。


五十一年後の再読。


良かった。たまらなく、良かった。サボりを棚に上げるようだが、幼いころの読み飛ばしの罪深さを洗い流してくれた。

『にあんちゃん』は、どこまでも素朴で、同時に細密な観察眼のまま、感情の起伏を隠すことなく十歳の人生を駆け抜けた記録である。

いくつもの小さな物語、それは末子にとって決して非連続のことではなく、シチュエーションの連結としてある。限りなく続く自意識の抑制が、幼く小さな胸をいためる度に人間としての成長が見えるのである。

「兄さんはいま、すいせんボタ（石炭の水洗い）のさおどり（石炭車の運搬）をしてはたらいていますが、とくべつりんじ（特別臨時）なので、ちんぎん（賃金）がすくないのです。ちんぎんというのは、はたらいたお金のことです。それが、ふつうの人より、だいぶんすくないのです。どのくらいすくないのといったら、ざんぎょう（残業）を二時間しても、なんにもならないというほどです――」

国家はいつだって一番弱い者たちに無理を強いる。自前の石炭から他国の石油へとエネルギー政策を転換する国政状況をあっさりと突く末子は、その非凡な批評性には無自覚ながら、長兄喜一の臨時雇用の不安定さと出自の嘆きを二重構造として軽々と描く。

「――いまはせいかつにこまるから、にゅうせき（注・正規雇用）させてくださいと、ろうむ（労務）のよこてさんにたのんだら、できないといわれたそうです。どうしてできないのといったら、吉田のおじさんのはなしでは、兄さんがちょうせん人だからということです――」

弱者への同情からページを涙で濡《ぬ》らすのなら、それはかなり高い場所から末子を見下ろす、ある種の傲慢《ごうまん》かもしれない。倫理や良心は時として内と外の深い溝となり、末子のリアリズムと拮抗《きっこう》することもなく、単純なお涙へと導き、明日か明後日には消費され忘れてしまうことになる。

末子とともに〝生活〟を実感してみると、彼女の食に対する貪欲《どんよく》さと、それを自ら抑制せざるを得ない切実感に腹がキュウッと縮みながらも、どこかで身体的快感すら覚える。

次兄の高一（にあんちゃん）が弁当を持たず（持てずに）登校すると末子はにあんちゃんの教室に自分の弁当を届けるが、何故か不在なのである。

「――私がひもじいなら、にあんちゃんだってひもじいだろう。しかも男だからとびまわっているし、そのうえ、六年生なので帰りがおそいから、なお、はらがへるだろう――」

しかし、リアリスト末子は、がっかりしながらも、帰宅し姉と一緒に弁当を食べるのである。この弁当話はより深い意味をもって、続く。

「――私の組は、まいひる、べんとうを持ってきていない人は、持ってきている人が食べているあいだ、きょうだんに立って、本を読むか、歌をうたうか、しなければいけないようにきめられているのですが――」。貧乏人がより貧乏な人を差別する残酷で歪《ゆが》んだ教育現場に慄然《りつぜん》とするが、次なる末子の軽みには溜飲《りゅういん》を下げつつ笑ってしまう。

教壇にあがり、歌の順番で揉《も》める同級生を「こら、はよせんか」と怒鳴る声に、男たちが図に乗り、「うたえ、うたえ」と囃《はや》し立て、叩《たた》き、追い回し教室中が大騒ぎになると、「――女の人が、きな声（黄色い声）をだしてにげる。それを、おおかみのような大声だしておいまわす。つかまって、たたかれて、おいおいとなく大きな声などで、大さわぎになりました。べんとうのふたをあけていると、ごはんにごみがはいるので、ふたをしめて、私は、あとで食べました――」

と、いやに冷静であり、明日は我が身であることより、埃《ほこり》が舞い弁当にかかることが一大事なのである。そして、

「――そのとき、校長先生のお話があったのです。教室のスピーカーからは、よくきこえてくるのですが、さわぎのために、なんのお話なのか、ちっともわかりませんでした」と惚《とぼ》けるなんともちゃっかり娘なのである。

チョコレート味の虫下しは我ら小学生も体験している。

しかし、末子は栄養失調気味なのかそれとも相当な粗悪品なのか、虫下しを呑《の》むと、

「――教室の中が、黄色に見えてきました。私は、どうしてこうなるのだろうかと、ふしぎでたまりませんでした。それから、のどがにがくなり、きぶんがわるくなってきました――」と、完全にバッド・トリップ……にもかかわらず「――いもはたべてはいけないのですが、私は、家にかえってすぐ、いもをたべてしまいました――」。このしゃあしゃあとした俗物ぶりは可笑《おか》しくて、可愛くて、涙ものである。

そして翌日、腹の痛みも収まると、晩のおかずに近所の友だちと竹の子取りにいく。

「いまごろは、よくへびがでるので、先に行ったら、かみつかれそうなので、はじめちゃ

んを先に行かせ、私は、はじめちゃんの行ったあとばかり、ついて行きました――」と注意深く、それでいて太い神経を働かせ、なおかつ、採取した竹の子をはじめちゃんは遊びにつかうだけだからと、十三本の竹の子のうち十二本持ち帰り、おいしく炊いておかずにするのである。

えらいぞ、末子、である。

兄喜一の人寄せ、それは、安本家にとっては存亡を懸ける大事な付き合いであり、かつ、家計への圧迫であり、また、喜びの日でもある。そして姉のレシピはぜんざい。

「ぜんざいときいたらうれしくてたまりません。『末ちゃん、今日でおわりだから、よくあじしめて……』といわれたが、だまっていました。あずき二ごう、さとう一きん、こな三百め、みつあげまん二十、これだけのものをいれてたかれました。はらの中がグッとなっていました――」「――私は、〈あまりおきゃくさんがこられないがよい〉と思いました――」と、客に出すちゃわんがないことを嘆き、丼《どんぶり》ひとつで回し食いをするのかと心底から心配し、結果、客がこなかったことでほっとしながら、ひたすらの食欲に勝てず、「――こんばんもべんとうばこでたべました――」「――しるがむらさき色にそまっていました。あまりおいしかったので、水が二ごうはいるくらいのべんとうに、四はいもたいらげてしまいました。今日のぜんざいのあじは、わすれられないくらいおいしくたけていました」

この悲喜劇のごった煮は読む者には苦い。だが、絶対的に甘く美味《うま》いぜんざいの存在を断固として支持したい。

担任の滝本先生からもらったアンパン二個。麦飯、それも満足に食えなくなる日々。そして、父親譲りのもやしの仕込み。

在日一世の食文化にはこのもやし作りは外せない。それは、末子にとっては父親そのものなのである。

「今日は、はじめてもやしをしこみました。まめはふたなりまめです。はこは、ダイナマイトばこです。私は、もやしがだいすきです。お父さんが、よくしこんでいました。もやしは、つければ一年中たべられます。私がた（私たち）一家は、もやしがすきです。私は、お父さんがもやしをすきだったので、できたら、まっさきにあげてやるつもりでいます」

そして、理不尽だが仕方のない兄姉との別れ。

居候先でのか細い食。だが食わねば生きていけない生存本能は末子の本質そのものだ。

恵まれたクラスメイトの誕生日会に呼ばれ、「――ごちそうは、たまご、みかん、ようかん、りんご、かまぼこ、おしるこ、すし、いわれません。つぎからつぎにでてきて、一時間かかり、食事はおわりました。こんなにたのしいことはないでしょう。夢を見ているような気がしました——」

末子よ、君は夢を見ている訳ではない。

襤褸《ぼろ》をまとった君を幻想とするのか、それともどこまでも美しい伝説とするのか……あなたには読み方を選ぶ権利がある。

幾ばくかの自省をこめて言えば安本末子は追憶の対象ではない。『にあんちゃん』は、今そこにある物語なのである。

「それが、したたかに強く、しなやかな現実そのものだ……目ん玉かっぴらいて、よく見やがれ！」、と今村昌平の叱咤《しった》があの世から聞こえてきたような気がする。

本書は、昭和三十三（一九五八）年、カッパ・ブックス（光文社刊）として、また平成十五（二〇〇三）年、単行本（西日本新聞社刊）として刊行されたものを基に文庫版にいたしました。

なお本文中には、今日の人権擁護の見地に照らして、不適切と思われる語句がありますが、差別を助長するものではなく、原文のままとしました。

にあんちゃん

安本末子《やすもとすえこ》

平成22年 2月25日　初版発行
令和7年 9月25日　11版発行

発行者●山下直久

発行●株式会社KADOKAWA
〒102-8177　東京都千代田区富士見2-13-3
電話　0570-002-301（ナビダイヤル）

角川文庫 16174

印刷所●株式会社KADOKAWA
製本所●株式会社KADOKAWA

表紙画●和田三造

ISBN978-4-04-382101-3　C0195

角川文庫発刊に際して

角川源義

第二次世界大戦の敗北は、軍事力の敗北であった以上に、私たちの若い文化力の敗退であった。私たちの文化が戦争に対して如何に無力であり、単なるあだ花に過ぎなかったかを、私たちは身を以て体験し痛感した。西洋近代文化の摂取にとって、明治以後八十年の歳月は決して短かすぎたとは言えない。にもかかわらず、近代文化の伝統を確立し、自由な批判と柔軟な良識に富む文化層として自らを形成することに私たちは失敗して来た。そしてこれは、各層への文化の普及滲透を任務とする出版人の責任でもあった。

一九四五年以来、私たちは再び振出しに戻り、第一歩から踏み出すことを余儀なくされた。これは大きな不幸ではあるが、反面、これまでの混沌・未熟・歪曲の中にあった我が国の文化に秩序と確たる基礎を齎らすためには絶好の機会でもある。角川書店は、このような祖国の文化的危機にあたり、微力をも顧みず再建の礎石たるべき抱負と決意とをもって出発したが、ここに創立以来の念願を果すべく角川文庫を発刊する。これまで刊行されたあらゆる全集叢書文庫類の長所と短所とを検討し、古今東西の不朽の典籍を、良心的編集のもとに、廉価に、そして書架にふさわしい美本として、多くのひとびとに提供しようとする。しかし私たちは徒らに百科全書的な知識のジレッタントを作ることを目的とせず、あくまで祖国の文化に秩序と再建への道を示し、この文庫を角川書店の栄ある事業として、今後永久に継続発展せしめ、学芸と教養との殿堂として大成せんことを期したい。多くの読書子の愛情ある忠言と支持とによって、この希望と抱負とを完遂せしめられんことを願う。

一九四九年五月三日